V

Ye   2004ʃ

rur m 7008

RÉSIGNATION.

AU LECTEUR.

Retiré du monde depuis longtemps, l'Auteur de ce Recueil a fait un livre philosophique et non une œuvre politique ; il a donc attaqué le vice et loué le mérite et la vertu partout où il les a rencontrés, sans distinction de personnes ni de partis.

RÉSIGNATION.

POÉSIES,

PAR M. ANTONI DESCHAMPS.

A mon Frère.

> Et Francesco me dit : « Veux-tu que je te fasse
> voir Carolina que tu as tant aimée ? » Et, me prenant
> par le bras, il me conduisit à la porte Orientale, et
> je la vis passer sans qu'elle m'aperçût. Elle tenait par
> la main deux beaux enfants, et moi, me rappelant
> les jours d'autrefois, je me pris à pleurer.
>
> (IL CONTE G.....)

DIEU SOIT LOUÉ DE TOUT!

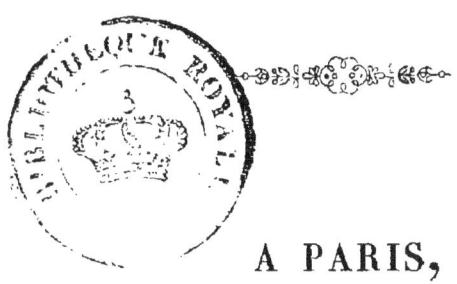

A PARIS,

DE L'IMPRIMERIE DE CRAPELET,

RUE DE VAUGIRARD, N° 9.

—

1839.

1.

A M. LÉON DE WAILLY.

Mon cher Nébride jouit à présent, dans le
sein d'Abraham, de cette paix dont nous par-
lions si souvent, et sur laquelle il me faisait
tant de questions, à moi qui étais plus avancé
que lui dans la connaissance des choses de Dieu.

(Saint Aug., *Confessions*.)

Trois fois heureux celui qui sait toutes les causes,

Les effets, la nature et l'essence des choses;

Mais plus heureux celui qui sait les dieux des champs,

La flûte et les bergers et les agrestes chants,

Et sans ouvrir son cœur à toutes nos querelles,

Connaît le vieux Sylvain et les Nymphes jumelles.

Le poëte Virgile, au temps des dieux menteurs,

Apprivoisait ainsi ces fiers triomphateurs,

Ses frères les Romains, qui, sur la terre et l'onde,

Affectaient la couronne et l'empire du monde!

Quelle voix pourra dire à nos jeunes Français :

Redoutez le Forum et ses tristes excès.

1

Croyez à d'autres dieux qu'au démon politique,

N'estimez pas si haut la rumeur du Portique,

Ouvrez enfin les yeux, que vos légers cerveaux

Cessent donc désormais de se payer de mots;

Croyez qu'on peut bien vivre, être bon sur la terre,

Aimer l'humanité sans être humanitaire!

Fuyez le dogmatisme en tout temps, en tout lieu,

Qu'il règne au nom d'un homme ou bien au nom de Dieu;

Détestez ce tyran du plus fort de votre âme,

Car c'est un comédien, un hypocrite infâme;

Il change volontiers et d'habit et de nom,

Il est docteur, tribun, *ou de Maistre ou Danton.*

Oh! bizarre destin de notre espèce humaine,

L'amour descend du ciel et l'homme en fait la haine!

Jésus vient aux mortels prêcher la liberté;

Un docteur aussitôt conclut : *autorité!*

Plus une chose est pure et plus elle est divine,

Plus on l'éloigne, hélas! de sa belle origine,

Car il est sur la terre un génie infernal

Qui fait pouvoir de tout, et du bien et du mal,

Qui corrompt nuit et jour les semences écloses,

Et tire du poison du calice des roses.

Plusieurs de nos malheurs sont enfants de l'orgueil,

C'est lui qui nous a fait de si longs jours de deuil.

Tous voulant labourer le champ de la pensée,

Ce sol trompeur a fui sous la foule insensée.

Il en est un plus sûr qui ne faillira pas,

C'est celui qu'on remue avec de puissants bras :

Honorez, jeunes gens, la sainte agriculture,

Suivez la volonté de la grande nature,

L'esprit a fait sa tâche, ah! fatiguez le corps,

Qu'il déploie à son tour *sa force et ses ressorts*,

Et le pain et le vin sont enfants de la terre,

Demandez-les tous deux à cette bonne mère,

Et que chaque printemps, le diadème au front,

Le Roi creuse lui-même un auguste sillon ;

Qu'à son exemple alors une mâle jeunesse

Suive le soc pesant de la bonne déesse.

Homme, donne ton cœur à la création,

Et tout ce qu'il contient de douce émotion,

Aime le ciel, les fleurs, les forêts, les campagnes,

Le fleuve qui descend du sommet des montagnes ;

Aime les animaux, créatures de Dieu,

Ils ont aussi leur âme, et sont bien en leur lieu

Comme toi dans le tien; sans soulever leurs voiles,

Sans les interroger, admire les étoiles,

Accepte l'univers, adore son auteur,

N'en cherche pas le mot ailleurs que dans ton cœur,

Car aimer, c'est savoir, posséder et connaître,

Le reste est le chaos et l'éternel *peut-être!*

L'Océan sait la place où son flot doit toucher,

Et le soleil connaît l'heure de son coucher.

Tous les êtres créés savent leur nom : la terre

Sait qu'elle tourne, et sait quel est ton divin père,

Car tout est animé, tout respire ici-bas,

Et tout vit de sa vie et meurt de son trépas.

La plante humaine, hélas! est la plus éphémère,

Roseau toujours battu par un souffle contraire,

Jusqu'au jour où, disant son éternel adieu,

Elle ira refleurir dans le jardin de Dieu.

II.

L'OUBLI ET LA PITIÉ.

VISION.

A M. DE LAMARTINE.

Quand les rois à présent déposent leurs couronnes,
Et pour voir le soleil descendent de leurs trônes,
Le crime est là qui veille, et le fer assassin
Les guette dans la rue et menace leur sein;
Et les reines en proie à d'horribles alarmes,
Attendent sur le seuil les yeux remplis de larmes.
Dis-moi, peuple envieux, dis-moi la vérité,
N'est-ce pas là, réponds, la grande égalité?

Je plaignais une nuit cette auguste misère,
Quand je vis devant moi s'élever de la terre
Un spectre lamentable, à mes yeux éblouis,
Le roi décapité, l'infortuné Louis;

On eût dit qu'il voulait parler, et sa poussière
S'agitait, et semblait me faire une prière.

Puis je vis d'un tombeau se lever à demi
Les vieux assassinés de Saint-Barthélemi.
Ils étaient tout criblés de grands coups d'arquebuse.
— Nous avons succombé sous la force et la ruse,
Et nous te demandons qu'on grave notre nom
Sur le sanglant airain du terrible balcon ! —

Ces esprits palpitaient, semblaient souffrir encore,
Et pour se retirer ils attendaient l'aurore.
Et moi je regardais, tout pâle de terreur,
Même au sein de la mort survivre la douleur.
Car, nous autres vivants, savons-nous quel mystère,
Ombres des trépassés, vous pousse sur la terre,
Quand vous avez besoin, aux lieux inférieurs,
De retrouver la paix et le calme en vos cœurs.
Ombres, apaisez-vous, disais-je ; pour l'exemple,
A l'expiation je veux bâtir un temple,
On n'immolera pas de génisse en ce lieu,
Car ici la victime enfin sera le dieu.

Mais comme je parlais, une voix plus austère
Perça le firmament ainsi que le tonnerre :
— Sur cette terre, où rois et peuples ont failli,
Ce qu'il faut élever, c'est un temple à l'oubli,
A ce grand médecin de la nature humaine,
Qui guérit de l'amour ainsi que de la haine,
Qui, secouant partout les pavots de son front,
Sur les choses du monde étend sa main de plomb,
Car chez les fils d'Adam, tout culte a sa victime,
Tout drapeau sa souillure et tout parti son crime ! —

La nuit était partie avec ses visions,
Ses spectres suppliants et ses illusions.
La lumière du jour commençait à renaître,
Et les petits oiseaux chantaient à ma fenêtre.
D'un saint pressentiment je me sentis saisir,
Et pareil à celui que brûle un grand désir,
Je dis : Assez de sang ! que notre pauvre France
Respire donc enfin après tant de souffrance.

Meurtre, tigre affamé, te reposeras-tu ?
Hier c'était le crime, aujourd'hui la vertu ;

Tu dévores toujours; toujours ta triple serre
Saisit un des enfants de cette triste terre,
Et cependant, hélas! les orgueilleux humains
Pensent qu'ils ont ouvert de plus heureux chemins,
Qu'ils commencent à vivre une nouvelle vie,
Et leurs mœurs ont encor la vieille barbarie.
Tant que l'assassinat, le supplice et le duel
Dans leurs griffes de plomb te tiendront, ô mortel!
Tant que le meurtre, ô race aveugle et misérable!
Le plus grand des délits, le crime irréparable,
Aura toujours son glaive, oh! ne te vante pas,
Triste présomptueux, d'avoir fait un seul pas!
Déesse de la paix, règne enfin sur la terre,
Et toi, grande Thémis, désarme la première;
Couperets et poignards, rentrez dans vos fourreaux,
Ou malheur au coupable et malheur aux bourreaux;
La loi de mort n'a plus de puissance morale,
Comme l'assassinat, elle-même est brutale;
On dirait qu'elle a peur, car le pâle bourreau
Dans l'ombre et le silence élève l'échafaud.
Chaque mois, chaque jour, ces machines funèbres
S'entourent à nos yeux de plus sombres ténèbres,

Et le glaive des lois, sans éclat et sans bruit,
Comme le malfaiteur ne frappe que la nuit.

Depuis un an, hélas! une force fatale
Fait tourner la patrie en la roue infernale;
Le meurtre monte au trône et le meurtre en descend,
Car le sang a toujours sollicité le sang.
Que le plus grand s'arrête, et s'il est sur le trône,
Qu'il n'en rougisse pas, car le fort seul pardonne.
Redoute, ô Roi! la race à la sinistre voix,
Acharnée en tout temps à la chute des rois,
De l'absolu pouvoir infatigable apôtre,
Car elle te perdrait comme elle a perdu l'autre.
Cruels ambitieux qui ne font leur chemin
Qu'en portant devant eux une tête à la main;
Accusateurs publics, gens de sang et de corde,
Voilant toujours l'autel de la miséricorde.

C'est elle qui pourtant, au tribunal des cœurs,
Un jour accusera ces grands accusateurs,
Auxquels, chaque matin, il faut une victime,
Vivant du criminel comme lui vit du crime.

Pitié, vierge sublime, ô belle déité!

Descends enfin du sein de ton éternité,

Viens dire aux fils d'Adam, à cette race dure :

Souveraine justice est souveraine injure! [1]

Et que ces mots dictés par ta touchante voix

Soient à jamais gravés dans le temple des lois.

[1] *Summum jus, summa injuria.*

III.

L'ÉGOÏSME ET LA PEUR.

A M. SIVANNE.

I.

Dans une vision mon âme fut ravie :
Je vis les corps des rois acquittés de la vie,
Et l'un d'eux me sembla marqué d'un sceau divin ;
Il portait devant lui sa tête dans sa main,
Et jusque chez les morts, gardant son rang suprême,
Cette tête coupée avait un diadème.
— Dans ce jour où sur moi le vil couteau tomba,
Dit-elle, tout mon peuple, hélas ! m'abandonna ;
La voix de son amour aurait pu faire taire
Le roulement de mort du commandant Santerre,
Mais une voix parlait, plus haute dans son cœur,
Et cette voix, c'était l'égoïsme et la peur ! —

Quand il eut achevé, cet illustre fantôme
S'endormit pour toujours dans son dernier royaume.

II.

Et d'un autre côté mon regard se tourna,
Et je vis les noyés de la Bérézina.
Ils étaient tout couverts de hideuses blessures,
Des glaçons hérissaient leurs blondes chevelures.
Ils s'écrièrent tous : — L'égoïsme et la peur
Nous vendirent jadis en France à l'Empereur;
Nous ne maudissons pas son nom et sa mémoire,
Car il nous a donné ce qu'il avait : la gloire!
Mais opprobre éternel à ce sénat flatteur,
A ses deux conseillers, l'égoïsme et la peur! —

III.

Puis je vis s'avancer une femme livide,
Couverte de haillons et le regard timide;
Elle allait se plaignant d'une mourante voix.
Dans ses bras amaigris s'élevait une croix,

Non pas cette croix d'or que l'Église romaine
Suspend comme un hochet à son collier de reine,
Mais cette croix de bois que porte un monde entier,
Cette pesante croix, la croix du charpentier.
Et j'entendis ces mots : — Notre sœur l'Angleterre
A dans son sein des cœurs qui plaignent ma misère,
Mais deux choses, hélas! ont corrompu ma sœur,
Et ces deux choses sont : l'égoïsme et la peur! —

IV.

Et cette femme en pleurs, sous le faix oppressée,
Absorba tout à coup mon âme et ma pensée,
Et je n'aperçus plus, quand j'entendis sa voix,
Ces hommes du passé, ces soldats et ces rois;
Car cette pauvre femme en sa misère immonde,
Parut grosse à mes yeux de l'avenir du monde.
— Angleterre, me dis-je, en ton vieux parlement,
Tu plains l'esclave noir et son affreux tourment,
Ton peuple entend le fouet qui sonne en Amérique
Et ne voit pas le sang dont lui-même trafique.

Eh! qu'aura donc produit ce schisme tant vanté,
S'il garde l'imposture et perd la charité!
Fanatiques puissants et de Londre et de Rome,
Sous un froc différent vous êtes le même homme.

V.

Sois absous, Robespierre, et toi, Napoléon,
Car nous avons baisé votre sceptre de plomb;
Vous avez accompli vos deux terribles tâches!
Mais opprobre éternel à ce troupeau de lâches,
Sans vices ni vertus, sans haine et sans amour,
Qui laisse la colombe aux serres du vautour,
A ces deux ennemis de l'humaine existence
Qui jusques au tombeau nous suivent dès l'enfance,
A ces empoisonneurs qui rongent notre cœur,
A ces deux grands fléaux, l'égoïsme et la peur! —

VI.

Et j'étais tout pensif, méditant en silence,
Quand je fus transporté dans une salle immense,

Où des hommes assis, couverts de cheveux blancs,

Paraissaient à regret juger des jeunes gens;

Et tout à coup je vis entrer dans cette salle

Et ces noyés sanglants et cette ombre royale,

Et cette femme en deuil avec sa grande croix,

Et tous ensemble alors élevèrent la voix :

— C'est vous qui nous avez enfoncés dans l'abîme;

La faiblesse, vieillards, est pire que le crime;

C'est nous qui vous jugeons, malheur à vous, malheur!

Plusieurs sont parmi vous l'égoïsme et la peur! —

ÉPILOGUE.

Pourtant, ô jeunes gens! ces juges peu sévères

Qui sont vos accusés, ont l'âge de vos pères;

Vous porterez comme eux, un jour, des cheveux blancs,

Et vous serez comme eux traités par vos enfants.

Le monde va toujours, et bien folle est la tête

Qui conçoit le penser de lui crier : *Arrête!*

On a fait, par le ciel! un grand pas en avant;

Il faut le proclamer : on ne veut plus de sang!

N'étalez pas ainsi ce facile courage,

Siècle, fleur d'avenir! respecte le vieil âge

Et puisses-tu laisser, quand tu seras vainqueur,

A ton aîné mourant, l'égoïsme et la peur!

IV.

CASTEL VECCHIO.

A AUGUSTE BARBIER.

Couché dans son château, sur un lit fastueux,
Un ministre mourant fait ses derniers aveux :
C'est un simple curé, pasteur sur son domaine,
Qui pardonne aux péchés de la pourpre romaine.
Debout à son chevet, Mazarin et Dubois
Tendent en souriant leur oreille à sa voix.
Le moribond vers eux par moments se soulève,
Et ces maîtres, de l'œil approuvent leur élève.
Cette confession dure depuis trois jours
Et l'illustre pécheur parle, parle toujours.
Et peut-être, ô mon Dieu, qu'une nouvelle aurore
Sur ses rideaux pompeux reviendra luire encore
Avant que ce vieillard ait enfin rejeté
Ce qu'il contient de fraude et de perversité !

2

Habile diplomate, ah! grand chercheur de ruses,
Tu cherches ta dernière ici, mais tu t'abuses
Ainsi qu'un vieux renard traqué dans son terrier
Après ses mille tours; en vain tu veux prier,
En vain, poussant au ciel une voix lamentable,
Tu tâches d'éviter la chose inévitable,
La mort, qui vient enfin, cette reine, à son tour,
Éternel courtisan, te faire aussi sa cour.

Malesherbes, Bailly, Turgot, ombres heureuses,
Quittez pour un moment les sphères lumineuses;
Approchez-vous aussi de ce triste pécheur,
Contemplez les tourments qui dévorent son cœur,
Car il apprend, cet homme, en sa lente agonie,
Que la vertu vaut mieux que le petit génie
De tous ces charlatans joueurs de gobelets
Qui fascinent les rois au fond de leurs palais,
Monstres que la *Pudeur et la Vérité nue*,
Quand leur sœur la Justice enfin sera venue,
Du sein de l'univers qu'ils ont tant abusé,
Rejetteront ainsi qu'un vêtement usé,

Un objet sans valeur, une chose abolie,
Un vase au fond duquel est une ignoble lie
Qu'on pousse dans la rue et que les promeneurs
Foulent d'un pied distrait en regardant ailleurs.

Ailleurs est la justice, ailleurs est la droiture
Et ce qui vient du cœur de la sainte nature.
Ailleurs est la franchise avec la loyauté,
Regardez donc aussi, mortels, de ce côté.
Depuis que ce flambeau qui nous éclaire, ô monde,
Darde ses traits de feu sur ta surface immonde,
N'as-tu pas essayé de tout, qu'en penses-tu?
Si pour dernier essai, tu tentais la vertu?

V.

LES PRISONNIERS DE HAM.

AU ROI.

INTRODUCTION [1].

O vous, homme de bien, vous, puissant orateur,
Qui seul, dans le Forum, êtes mort par le cœur,
Mort pour avoir aimé; dont la douce poitrine
Exhalait sans effort une voix si divine,
Martignac, pardonnez, si je viens à mon tour
Défendre dans mes vers vos clients en ce jour;
Je sais combien est grande entre nous la distance,
A défaut de talent j'invoque ma souffrance.
Car ma Muse à présent s'appelle la douleur;
Le malheur plaidera la cause du malheur !

[1] Cette pièce a été remise au Roi par M. le général d'Houdetot.

SUPPLIQUE.

O Roi, pardonne-leur, que la douce amnistie
Passe sa blanche main sur leur tête flétrie,
Qu'on ouvre leur prison, et que la liberté
Éclate avec le jour dans leur obscurité;
Qu'ils sortent, et foulant, dans cette grande ville,
Le pavé tout brûlant de la guerre civile,
S'ils rencontrent parfois, à l'angle d'un chemin,
La veuve qu'ils ont faite et le pauvre orphelin,
Voyant qu'au lieu de cris et de haine et d'injures,
Nous plaignons les auteurs de nos larges blessures,
Que notre aspect sévère en ce fatal moment
Soit désormais pour eux l'unique châtiment!
Hélas! depuis cinq ans cette nouvelle Athène
Sur de plus jeunes fronts a déversé sa haine,
Car on l'obtient bien moins cet hommage éclatant
En violant les lois qu'en les exécutant.
Voyez comme tout passe et comme le temps vole,
Comme la chose humaine est petite et frivole!

Les condamnés d'hier aujourd'hui sont absous
Et leurs juges demain seront à leurs genoux.
O Roi, quand il faudra que l'âme seule et nue
Fasse le grand voyage à la rive inconnue,
Que deviendront alors ces brillants oripeaux,
Sceptres, hochets virils, cocardes et drapeaux,
Que pour se consoler de leur chute profonde
Portent les fils d'Adam par tous les coins du monde;
Deux choses seulement resteront en ce jour
Et plaideront pour vous, la clémence et l'amour.

Écoutez la clémence, écoutez les poëtes,
Des volontés du ciel ils sont les interprètes.
Que deux divinités, nouveau Roi des Français,
Marchent à tes côtés, la Clémence et la Paix!
Sois le roi de la paix, le roi de la justice;
Foule aux pieds la Vengeance et son fils le Supplice.
O prince, tu le sais, toujours l'homme de cœur
Devient bon et grandit sous la main du malheur.
L'un de ces prisonniers a su par son courage
Tirer l'enseignement du pain de l'esclavage;

Que ce cœur généreux intercède aujourd'hui

Pour ces pauvres proscrits qui souffrent comme lui.

Pardonne, la vengeance est bonne pour les femmes,

C'est le plaisir du faible et des petites âmes;

Si le fort quelquefois entend gronder son sein,

Il le calme bientôt sous sa puissante main,

Et, sobre envers autrui d'injure et de blasphèmes,

Laisse aux ingrats le soin de se punir eux-mêmes.

O Roi, soyez clément, vous pouvez m'écouter :

Je dis ce que je pense et ne sais pas flatter;

D'ailleurs, je souffre tant, ma plaie est si profonde

Que je n'attends plus rien des maîtres de ce monde,

Rien de la république ou du *juste-milieu;*

Je n'attends qu'une chose, elle viendra de Dieu!

VI.

RÉSIGNATION.

A M. F. DE LAMENNAIS.

Qui descend donc ainsi sur la place publique,
Jetant un peuple entier à l'hydre politique,
Au lieu de ses devoirs lui parler de ses droits!
Prêtre de Jésus–Christ, parle-nous de la croix;
Parle–nous de la croix, de cette croix austère
Que ton maître a portée au sommet du Calvaire,
Que porte le vulgaire et que porte le Roi,
Que tu portes toi-même; et que je porte, moi.
Oh! quand aura sonné l'heure de ta victoire,
Quand, tant de fois trompés, nous ne voudrons plus croire,
Comment soutiendras-tu ce peuple furieux
Qui viendra tout sanglant apparaître à tes yeux?
Quand, demandant leurs fils, viendront ces pauvres mères,
Te dire, en te montrant leurs souffrances amères :

— Comme il l'était hier, le mal est tout-puissant.

Hier, c'était la boue, aujourd'hui c'est le sang.

Tous tes projets dorés sont tombés en poussière,

Une chose est debout, hélas! c'est la misère.

N'es-tu donc plus le Christ, ô prophète vanté!

O grand prophète, où donc est cette égalité?

Ainsi qu'aux jours passés, la rouge guillotine

Boit le sang des Français qu'épargna la famine!

Les meilleurs ne sont plus; toi-même, homme de bien,

Tu n'as plus d'auréole et ton nom n'est plus rien.

Ceux qui marchaient naguère au gré de ton envie

Ne te connaissent plus et demandent ta vie,

Et s'en vont murmurant dans la grande cité :

Ce prêtre n'aimait pas assez la liberté. —

Alors, voyant ce peuple en proie à tant d'alarmes,

Comme Notre-Seigneur tu répandras des larmes,

Et ne pouvant pas, toi, multiplier les pains,

Tu répondras, prenant ta tête dans tes mains :

— Frères, résignez-vous, comme je fais moi-même;

Laissez à l'envieux l'injure et le blasphème;

Connaissez à présent toute la vérité :
Dans un cercle éternel tourne l'humanité ;
Et le bien et le mal, en égale mesure,
Tombent incessamment des mains de la nature.
Le siècle a fait deux mots : Progrès et Mission ;
Il en est un plus grand, c'est Résignation ;
Car, tels qu'un champ de blé, dans le monde où nous sommes,
Toujours la main du sort labourera les hommes ;
La souffrance est la loi de ce triste univers ;
La matière demeure et la forme se perd.
Voyez comme déjà, par delà l'Atlantique,
Le serpent de douleur entoure l'Amérique ;
L'homme libre et l'esclave, en tout temps, en tout lieu,
Palpiteront toujours sous le souffle de Dieu ;
Frères, défiez-vous des rois de la pensée,
Leur esprit est brûlant, mais leur âme est glacée ;
Tous ils sont orgueilleux, et sachez-le en ce jour,
Tout mal vient de l'orgueil, et tout bien de l'amour.
Tous feraient, pour servir leur belle théorie,
Couler à gros bouillons le sang de la patrie ;
Partout sur cette terre est l'inégalité,
Mais nous serons égaux devant l'éternité ;

Frères, pensons toujours, sur ces terrestres rives,
A la sueur de sang du jardin des Olives ! —

Mais le prêtre se tait, et près d'un grand palais,
J'entends parler tout bas un troupeau de valets :

— Depuis cinq ans, hélas! tout est devenu pire ;
Il faut pour nous sauver le sabre de l'empire,
Il faut un frein de fer à ce peuple indompté,
Il faut !... — Moi, je vous dis qu'il faut la liberté !
Mais la liberté sainte, et lente, et mesurée,
Et marchant comme fait une femme sacrée ;
Vous prêtre, et vous valets, qui murmurez tout bas,
La sainte liberté, vous ne la sentez pas !
Vous, vous mettez du sang à sa robe divine,
Et vous, vous étouffez la voix de sa poitrine ;
Vous n'êtes pas ses fils, et sur votre tombeau,
Naîtra de votre cendre un grand peuple nouveau. —

O liberté divine ! ô ma belle déesse !
Combien ces insensés te causent de tristesse !
Comme ils comprennent mal ton empire nouveau !

Comme je vois tes pleurs couler sous ton manteau.

Ne désespère pas pourtant de notre France;

Reste au milieu de nous, malgré cette souffrance,

Laisse-les, ces mortels, obscurcir ta clarté,

Et toi, déesse, attends avec tranquillité.

Lorsqu'au pays de Naple, une immonde tempête

De la terre et du ciel vient suspendre la fête,

Le grand astre, un moment, voile son front vermeil,

Car il sait que toujours il sera le soleil.

VII.

A M. BALLANCHE.

CASSANDRE

PENDANT LE MEURTRE D'AGAMEMNON.

(TRAD. D'ESCHYLE.)

O dieu ¹, tueur des loups, Apollon conducteur,
Dieu vainqueur de Python, mon divin protecteur,
Apollon, Apollon, dieu sauveur de la Grèce,
Où donc as-tu conduit ta triste prophétesse?
Tes présents, Apollon, tes présents, reprends-les;
Les larves de l'enfer habitent ce palais.
Vois-tu tous ces enfants, qui dans leurs mains sanglantes,
M'apportent en riant leurs entrailles fumantes;

¹ Λυκόφονος Ἀπόλλων, etc. (Eschyle.)

Reprends ton sceptre d'or et ton sacré bandeau,
Ta robe prophétique et ce fatal manteau;
Hélas! ils n'ont servi, dans les lieux où nous sommes,
Qu'à me faire la fable et le jouet des hommes;
En l'absence, Apollon, du lion généreux,
Les loups ont conspiré dans la nuit sombre, entr'eux,
Et sans pudeur, hélas! la lionne infidèle
A reçu l'un d'entr'eux dans sa couche, près d'elle;
Pourtant, quand dans Argos rentra le souverain,
Elle a comme autrefois léché sa noble main.

Mais écoutez, quels cris, Apollon, une femme
Oser tuer un homme!... ah! n'est-ce pas infâme!
Et tout seul, dans son bain, nu, sans précaution
Dans ce vase de mort et de perdition!
J'entends leurs pieds lutter sur le pavé sonore,
Il crie, il se débat, mais elle frappe encore;
Elle redouble, ô ciel! ô mon père Apollon,
Reçois le dernier vœu du grand Agamemnon!

La vapeur de la mort règne dans cette salle,
Et du sort s'accomplit la volonté fatale;

Pour nous, baissons la tête, ô destin, le bonheur

Ici fait encor plus pitié que le malheur.

Et moi, triste témoin de sa grande misère,

Moi, qu'on ne croyait pas, qu'on raillait sur la terre,

Fatiguée à la fin de ma sombre prison,

Je demande à sortir de ce monde, Apollon;

Pareille au pauvre oiseau qui va pressant le piége,

Puisque de l'Achéron la grande nuit m'assiége,

Puisse mon âme, ô dieux, en légère vapeur,

Se dissoudre, et mon sang s'écouler sans douleur.

VIII.

UNE PLACE PUBLIQUE A ATHÈNES.

LES CITOYENS ET LA PAUVRETÉ.

(TRAD. D'ARISTOPHANE.)

LES CITOYENS.

Fuyons, ô citoyens, fuyons par ce chemin,
Ce monstre qui vers nous étend sa large main;
Cette femme en lambeaux, elle est notre ennemie,
Athènes, sous sa loi, jadis fut asservie.

LA PAUVRETÉ.

Lâches, où courez-vous? je suis la pauvreté!
Oui, c'est moi qui jadis bâtis votre cité.

Lâches, vous me fuyez, moi qui suis votre reine,

L'antique pauvreté, la nourrice d'Athène,

Qui la berçais jadis, la mère des vertus,

Que craint, sous son dais d'or, l'efféminé Plutus.

C'est moi qui, combattant au pas des Thermopyles,

Du satrape d'Asie ai délivré vos villes,

Et vous le savez tous, Athéniens, c'est moi

Qui sous mes javelots ai vaincu le grand Roi.

Je suis la pauvreté, l'active travailleuse

Qui fait sur les oisifs la cure merveilleuse,

Le grand réveil-matin du bon et du pervers,

Et le chien de berger qui mène l'univers;

Pourtant vous me fuyez, vous fuyez votre mère !

Ah ! je vous poursuivrai jusqu'au bout de la terre.

LES CITOYENS.

Fuyons, fuyons ce monstre, et par tous les moyens

Échappons à ses traits, fuyons, ô citoyens !

3

LA PAUVRETÉ.

Je vous atteindrai bien, lâches aux cœurs de femmes,
Lâches aux pieds de cerf, dégénérés, infâmes,
Pour toujours, citoyens, je m'attache à vos pas
Et vous ramènerai pâles entre mes bras.

IX.

ABD-EL-KADER.

A M. SAINTE-BEUVE.

Le bouclier est saint, mais l'épée est impie.

Honneur à qui défend le sol de la patrie !

Le grand Napoléon , vaincu par l'univers,

Quand le jour fut venu de ses derniers revers ,

En touchant cette terre en deuil qu'il a quittée,

Retrouva sa vigueur comme le Grec Antée ;

Il veillait nuit et jour autour de nos hameaux,

Comme les chiens-bergers autour de leurs troupeaux.

Accomplissant, enfin, sa dernière campagne,

Il parcourait, hagard , les plaines de Champagne.

Volant toujours ensemble, et l'aigle et l'Empereur

Aux plumets de crin noir renvoyaient la terreur;

Et la garde suivait sans murmure ni plainte;

Car c'était le devoir, c'était la guerre sainte!

C'est la tienne à présent, ô terrible Africain ;

Bien que ton ennemi, moi je te tends la main.

Enfant du vieil Atlas, fier de ta belle cause,

Ne désespère pas de la publique chose,

Fais la guerre sacrée, et s'il faut en finir,

Comme tu combattais sache du moins mourir :

De peur, noble lion, que, malgré ton courage,

Un cupide Français ne te promène en cage,

Et qu'un crieur, au son de quelque méchant air,

Ne dise : *Ici l'on voit l'Arabe Abd-el-Kader* ;

Car, en France, aujourd'hui, sur cette illustre terre,

On vendrait pour de l'or le tombeau de son père.

On trafique de tout, et l'austère vertu

Marche les yeux baissés et le front abattu,

Parce qu'à tout moment la fraude et la rapine

Salissent en passant sa tunique divine.

Prince, au pied de l'Atlas, sous les brouillards du ciel,

Vous avez vu le bois de Muley-Ismaël,

Tout un peuple étalant à votre âme attendrie

La résignation de sa vieille patrie ;

Récitant les versets de ses livres divins
Sur ses fils massacrés, au milieu des chemins ;
Les blés incendiés, le temple aux blanches dalles,
Subissant à vos yeux d'impures saturnales,
Et cette mère juive entre ses quatre enfants,
Contrainte de laisser la part des yatagans,
Et cette pauvre femme assise dans la fange,
Avec sa main coupée et son doux regard d'ange,
Jetant à nos soldats un éternel adieu,
Et leur disant : — Partez, moi je reste avec Dieu ! —

Prince, vous avez vu cette atroce misère,
La famine enfantée au ventre de la guerre.
On apprend vite, hélas! en ce siècle agité!
Vous savez maintenant toute l'humanité!
Instruit par cet exemple, ainsi que votre père,
Vous porterez un jour le diadème austère,
Et vous vous souviendrez de cette ville en feu
Et de la guerre enfin, cet exécrable jeu!

X.

LE JUIF ET L'HOSTIE.

A M. DE SAINT-VALRY.

Le dimanche de Pâque était proche. La veille,
Chez Samuel Musson, vint une pauvre vieille,
Afin d'en emprunter trente sous parisis,
Sur le nantissement de trois méchants habits.
Je t'en donnerai cent, et je te tiendrai quitte,
Lui dit, en souriant, le fourbe israélite,
Si tu consens, demain, à cette heure, en ce lieu,
Vieille nazaréenne, à m'apporter ton Dieu.
La vieille à son logis retrouva la misère
Et la faim, cette pâle et vile conseillère,
Et revint apporter, dans un blanc parchemin,
Ce que le juif voulait, le lendemain matin.
Lorsque le réprouvé fut seul avec sa proie,
Son œil oriental étincela de joie.

Dieu des Nazaréens, je te tiens donc enfin,

Dit-il ; il le froissa de fureur dans sa main,

Et prenant un marteau, dans son ivresse impie,

D'un clou sur la muraille il traversa l'hostie.

Le sang à gros bouillons en jaillit à l'instant,

Et la chambre s'emplit et regorgea de sang ;

Et les enfants, voyant le sang couler à terre,

Se mirent à genoux et s'écrièrent : Père,

Oh ! ne le tuez pas une seconde fois.

Et le bourreau fut sourd à leur touchante voix.

Il la plongea de rage au fond de sa chaudière ;

Mais l'hostie en sortit rayonnant de lumière,

Et l'élévation vint à sonner. Alors

La femme et les enfants s'en allèrent dehors,

Et s'adressant à ceux qui passaient dans la rue :

—Votre Christ est chez nous, et mon père le tue,

Dit le petit Jacob. Une sourde rumeur

Circula sur le juif meurtrier du Seigneur ;

Le prévôt des marchands, et l'évêque à leur tête,

Vinrent en grand cortége et firent une enquête ;

Le Dieu fut emporté par le prélat tremblant,

Et dans le tabernacle enfermé tout sanglant.

Le juif fut brûlé vif, son nom fut anathème,
Et sa femme et ses fils reçurent le baptême.
La maison fut rasée ; on faisait chaque fois,
En passant sur la place, un grand signe de croix.
Lecteur, ainsi finit la vieille comédie,
La légende du juif et de la sainte hostie.

Ainsi, faibles mortels, infortunés pécheurs,
Nous rouvrons chaque jour la plaie et les douleurs
De celui qui mourut pour le salut des hommes.
Quand nous faisons le mal, insensés que nous sommes,
Ne semble-t-il pas dire, avec sa douce voix :
Vous me crucifiez une seconde fois ?
Car toujours, ô chrétiens, cette grande victime
Souffre et nous tend les bras sur son arbre sublime,
Et toujours nos péchés pénètrent dans le cœur,
Et font encor saigner le flanc du Rédempteur.

XI.

A CHARLES LONDE,

AGÉ DE CINQ ANS.

ANNÉE 1836 (JANVIER.)

Charles, mon bel enfant, vois-tu cet arbre blanc?
Il porte des bonbons au nouveau jour de l'an.
Ses branches sont de sucre et, comme par prodige,
Un étui de cristal emprisonne leur tige.
Pourtant n'y touche pas, jeune fou; car soudain
Le grand froid de la mort te gèlerait la main.
Tu reviendrais pleurant cette méprise amère,
Réchauffer cette main dans le sein de ta mère,
Et ta petite voix appellerait méchant
L'arbre aux bonbons de neige, ô trop crédule enfant!
Plus tard, quand parcourant le jardin de la vie,
Tu suivras au hasard une autre fantaisie,

Tu verras te sourire à leur tour d'autres fleurs.

Ah! souviens-toi de l'arbre aux trompeuses couleurs,

Quand tu seras plus grand, enfant, pense à ton père

Usant à t'élever son existence austère;

A moi qui t'ai porté tout petit dans mes bras

Et qui t'ai vu jadis former tes premiers pas;

A moi qui, contemplant les hommes et la vie

De l'abîme où je suis, sens que je les envie,

A moi qui vis sans vivre en mon étrange mal,

Roseau toujours battu par l'ouragan fatal.

Ah! chaque homme a sa part de douleur sur la terre,

Lorsque je dis folie on me répond misère,

Car chacun le front bas et courbé sous le poids

Ne voit que sa douleur et ne sent que sa croix.

XII.

A CELLE QUI NOUS ÉLEVA.

Celle qu'on appelait l'âme de sa maison
Qui veillait avec nous dans la froide saison,
Celle qui dès longtemps était sur cette terre
Pour mon frère et pour moi notre seconde mère,
Celle qui prévenait notre moindre désir
Et quand sonnait minuit nous regardait dormir,
Puis faisait ses cent tours et toujours en haleine
Quand venait le matin se reposait à peine,
Se repose à présent, et pour toujours, hélas!
Dort du dernier sommeil dans le sein du trépas.
Plus l'âme qui s'éteint était ardente, active,
Plus sa nature était et vigilante et vive,
Et moins on s'accoutume au silence profond
Qui pour l'éternité doit peser sur son front.
Mais l'amour ne meurt pas; par un divin mystère,
Il se rallume au ciel s'il s'éteint sur la terre.

XIII

LE DEVOIR.

AU COMMANDANT CHANGARNIER.

France ! calme le Dieu qui gronde en ta poitrine,
Et vous, dormez en paix autour de Constantine ;
Reposez doucement sous les champs de maïs,
Loin des bords fortunés de votre cher pays.
Qu'un autre, en votre honneur, éveillant la vengeance
Verse sur vos tombeaux tout le sang de la France,
Moi je dis seulement, frères, dormez en paix.
Voilà, concitoyens, le seul vœu que je fais,
Car je dis, ô guerriers, que la guerre est impie
Et qu'elle ne vaut pas la plus obscure vie !
La guerre ! opprobre, haine à son infâme nom,
A son dernier amant, le grand Napoléon,
A tous ceux qui jadis par le fer ou la flamme
Ont brigué les faveurs de cette horrible femme.

Je dis ce que je crois être la vérité,

Et je foule à mes pieds la popularité.

Mais il est une guerre et plus noble et plus belle,

Celle qu'une grande âme accepte et livre en elle;

Respect à la défaite, à la victoire honneur,

Car le meurtre jamais n'y souille le vainqueur.

Admirons et Boissy, dont l'âme bien trempée

Regarda sans pâlir cette tête coupée,

Et Mucius Scévola, l'intrépide Romain,

Qui fut aux jours passés sévère pour sa main;

Et le divin Socrate, au sac de Potidée

Comme d'un bouclier couvert de son idée;

Et Laurent le martyr qui de son gril brûlant,

S'élevait vers le ciel en un sublime élan;

Et l'illustre Bailly, dont la vieille poitrine

Ne trembla que de froid devant la guillotine.

Victimes dont le sort avec son bras puissant,

Consacrait le beau front du baptême de sang,

Tandis que le devoir, de ses mains souveraines,

Ravissait leur grande âme aux régions sereines.

Au trône de porphyre, au palais immortel

Où ne monte jamais le souffle du réel.

Admirons Changarnier, de son âme enflammée,

Faisant jaillir l'amour qui doit sauver l'armée,

Commandant! gloire à vous, à vous, sage guerrier,

La couronne de chêne et celle de laurier,

A vous l'honneur civique et l'honneur militaire,

Jeune homme, honneur à vous, honneur à votre mère!

———

XIV.

Memento Domine, David et omnis mansuetu-dinis ejus.

(*Psaume.*)

Souvenez-vous du roi David, ô mon Seigneur,
Souvenez-vous, mon Dieu, de toute sa douceur,
Ayez pitié de lui, dans ce moment suprême,
Et soyez bon, Seigneur, comme il le fut lui-même.

———

*Si consisterunt adversus me castra,
Non timebit cor meum.*

Hélas! Seigneur, mon Dieu, que vous ai-je donc fait?
Pour un si grand supplice, où donc est mon forfait?
Pourtant, vous le savez, mon âme est simple et pure,
J'ai fait ce que j'ai pu pour dompter ma nature :
Si le camp des démons rugissait devant moi,
Ses enseignes au vent, je serais sans effroi,
Car je le crois, Seigneur, ô notre divin père,
Vous laisseriez périr et le ciel et la terre,
Plutôt que de vouer à l'éternel trépas
Celui qui confiant se jette dans vos bras.

———

XV.

HIVER DE 1837.

A M. HIPPOLYTE BALLESTE.

L'aumône que l'on met au sein de l'indigent,
Est une pomme d'or dans un panier d'argent
(*Écriture sainte.*)

CARITAS.

O riches de Paris, faites, faites l'aumône
Car, peut-être, ô chrétiens, c'est le Christ en personne
Que dans la rue en pleurs vous trouverez demain,
Et qui sous ses haillons tendra sa froide main.
Riches, réchauffez-la, cette main dans la vôtre,
Ne le reniez pas comme le fit l'apôtre,
Afin qu'au jour de gloire en son palais divin
Pour la dernière fois, il vous la tende enfin.
On n'oblige jamais celui qu'on humilie;
Faites le bien secret comme on aime et l'on prie,

Donnez sans calculer ; donnez, donnez; un jour
Tout vous sera rendu, dans le ciel, par l'amour,
L'amour au cœur de feu, dont, sur ce globe sombre,
Le nôtre, fils d'Adam, ne fut jamais que l'ombre,
L'amour supérieur, le seul grand, le seul bon,
Qui sait gré d'un denier que l'on donne en son nom.

_____

XVI.

A M. ****.

Conservons jusqu'au bout le céleste délire,
Le saint amour du bien et l'amour de la lyre.
L'illustre vieillard Grec, le poëte divin,
A souffert plus que nous et mendié son pain.
Pourtant, quand vint le soir de la grande journée,
Quand la Parque trancha sa noble destinée,
Sur son luth détendu l'aveugle harmonieux
De sa mourante voix chantait encor les dieux.

XVII.

A M. VANTZEL,

RÉPÉTITEUR À L'ÉCOLE POLYTECHNIQUE.

PARADIS DE NEWTON.

Le firmament était comme un navire immense,
Au pilote invisible et flottant en silence,
Et les mondes passaient, s'entre-choquant entre eux
Et jetant dans l'espace un bruit harmonieux;
Une âme regardait de sa vue immortelle
Ces globes tressaillir en passant devant elle.
Or, cette âme, lecteur, cette âme était Newton,
Qui, par la volonté du Seigneur juste et bon,
Voyait se dissiper l'obscurité profonde,
Et découvrait enfin le grand secret du monde.
Et l'âme d'une mère, en ses feux ondoyants,
Semblait envelopper deux tout petits enfants.
Et pour elle, c'était la seule récompense
Qu'inventait dans le ciel la sainte Providence;
Car, dans l'éternité, le juste doit un jour
Posséder ce qui fut l'objet de son amour.

XVIII.

A J. DE SAINT-FÉLIX.

Il est, dans les Martyrs, une page divine
Qui fit battre toujours mon cœur dans ma poitrine;
La bataille des Francs, quand Constance empereur,
Devant toute l'armée en proie à la terreur,
Pour conserver l'honneur de son aigle païenne,
Fait avancer enfin la légion chrétienne.
La légion se met à genoux pour prier,
Et l'empereur alors dépose son laurier.
En lisant tout cela, je respecte et j'admire
Les chrétiens combattant pour les dieux de l'empire,
Et j'aime l'empereur, pour la première fois,
Sans croire, saluant l'étendard de la croix.

XIX.

Jadis, quand vous fouliez les terrestres chemins,
Braves et maintenant au ciel, soldats divins,
Lorsque vous avez vu notre pauvre patrie,
Par les faiseurs de lois, sous la hache asservie,
Vous avez endossé l'habit aux revers blancs,
Et donnant un dernier baiser à vos enfants,
Hommes simples de cœur, héroïque milice,
Vous avez, l'arme au bras, marché pour la justice;
La Grèce, compagnons, vous eût fait des autels,
A côté des tombeaux des trois cents immortels.
Mais les Français ingrats, à force de misères,
Hélas! ont oublié jusqu'au nom de leurs pères.
Pourtant! honneur à vous, valeureux citoyens,
Et maintenant au ciel, là haut, soldats divins.

XX.

A MADEMOISELLE LOUISE BERTIN.

Quand le chantre d'OEdipe, en proie à tant de haine,
Devant l'Aréopage eut désarmé le sort,
Mercure, messager, descendit dans Athène,
Et posa sur son front une couronne d'or ;
Et les jeunes garçons et les vierges pudiques,
Les palmes et les chants, dans le mode thébain,
Et les enfants joueurs sur les places publiques,
Fêtèrent à l'envi le poëte divin.
Ainsi, lorsque l'enfant de votre pur génie,
Aura chanté, vers vous descendra Polymnie,
Et levant doucement son voile radieux :
Mozart, mon fils aîné, t'écoute dans les cieux,
Et je viens de sa part te couronner, ô femme !
Car il m'a dit : jamais depuis que je *suis âme*,
Aucune vierge, encore habile aux divins chants,
N'a jeté vers le ciel de plus mâles accents.

Reçois donc cette palme et ce beau diadème,

Et porte-les tous deux, pour la muse qui t'aime.

Parmi les chœurs sacrés, je te le dis ce soir,

Aux lieux supérieurs on te verra t'asseoir;

Regarde avec mépris les vents et la tempête,

Comme le fait Victor, lève toujours la tête,

Car avec lui bientôt, après le grand effort,

Sur ton esquif vainqueur tu toucheras au port.

XXI.

Nous nous sommes revus sur le mont Golgotha;

Quand deux enfants d'Adam se sont retrouvés là,

A la vie, à la mort ils sont unis ensemble,

Car c'est la main de Dieu qui d'en haut les rassemble.

XXII.

A LA MÉMOIRE

DE MON AMI FONTANEY.

Dans ce monde, tout n'est que mal et que souffrance;
Mais conservons pourtant la céleste espérance,
Lorsque son temps d'épreuve, un jour étant fini,
Le juste aura trouvé les champs de l'infini,
La timide pitié, cette fille immortelle,
Des dominations, la troupe fraternelle,
Les ardents chérubins et les beaux séraphins,
Le prendront palpitant entre leurs bras divins.
Ils couvriront de pleurs ses terribles blessures
Et, des chardons humains les saignantes morsures,
Et l'enlevant dans l'air sur leurs ailes de feu,
Le porteront en chœur jusqu'au trône de Dieu.
C'est lui, c'est lui, Seigneur, c'est l'enfant de la terre,
La semence d'Adam, c'est l'homme notre frère;

Il a vaincu le mal, il a vaincu l'enfer,

Il est plus pur que nous, car il a plus souffert;

Recevez-le, Seigneur, dans votre sein de père,

Que l'éternel amour enfin le désaltère,

Et que ce revenu des ombres du trépas

Pour la dernière fois s'éveille entre vos bras.

RÉPONSE DU PÈRE.

O mon pauvre exilé! vois, mes anges eux-mêmes

Déposent à tes pieds leurs brûlants diadèmes;

Car, peut-être, ô mortel! ces fils du firmament,

Sous leurs grands boucliers forgés de diamant,

N'auraient pas supporté la vie et son outrage,

Et ses mille tourments avec tant de courage.

Rassure, mon enfant, ton esprit alarmé;

Lève, lève le front; vois, je suis désarmé.

Aujourd'hui pour jamais ton épreuve est finie;

L'enfer, ô mon enfant! l'enfer, c'était la vie.

Vois, tout autour de toi rayonne de bonheur,

Le ciel entier t'admire, et les trônes en chœur

Fêtent ta bien-venue, et soulevant leurs voiles,
Mes vierges, sous tes pas ont semé les étoiles;
Et pour toi, mon soleil a doublé sa splendeur;
Mon fils, abîme-toi dans le sein du Seigneur,
Le principe et la fin des choses de la terre;
Viens, repose à jamais entre ses bras de père.

XXIII.

Quand tout sera fini, nous serons, je le crois,
Mesurés le grand jour, au mètre de la croix,
Et c'est du bois divin la sublime mesure
Qui fera notre vie ou notre mort future.
Ah! bienheureux celui dont en ce jour, le corps
Pourra, sur l'arbre saint, s'étendre sans efforts.

———

XXIV.

A QUELQUES RÉGÉNÉRATEURS.

Vous qui voulez laver avec du sang la fange,
Ah! par le ciel, Messieurs, votre idée est étrange.
Quand vous aurez usé ce remède impuissant,
Avec quoi, répondez, laverez-vous le sang?
Ah! ne voyez-vous pas que la mortelle roue
Nous jette tour à tour et le sang et la boue,
Et que, chez les humains, le troisième élément
Est encore attendu du lointain firmament;
Il s'appelle justice, amour et tolérance.
Envoyez-le, grand Dieu, sur la terre de France,
Et qu'après tant de maux, sans cesse renaissants,
Il germe dans le cœur de ses pauvres enfants!

XXV.

GRÂCE POUR L'HOMME.

L'assassiné royal, que chaque Français nomme,
De sa mourante voix criait grâce pour l'homme.
Grâce pour l'homme ! Sire, il faut le dire encor !
Touchez son pâle front de votre sceptre d'or ;
Pardonnez, pardonnez, Sire ! que la clémence
Aux mains de l'assassin désarme la vengeance :
Peut-être obtiendra-t-elle, avec sa douce voix,
Ce qu'on refuse tant à la hache des lois.
Non, Sire, il n'est pas vrai, toute noble semence
N'est pas morte à jamais dans la terre de France.
Essayez s'il n'est pas quelques grains de vertus
Dans les replis du cœur de ces nouveaux Brutus,
Et quoi qu'autour de vous et l'on dise et l'on fasse,
N'écoutez que ce cri : Faites, faites-lui grâce !

———

XXVI.

TRADUIT DE SAINTE THÉRÈSE,

DE L'ESPAGNOL.

Ah! ce n'est pas, Jésus, ta promesse divine
Qui fait que je t'adore; ô Christ, c'est ta poitrine,
Ce sont tes pauvres pieds tout traversés de clous,
C'est ton front ruisselant et tout meurtri de coups,
Et sans ton paradis, sans l'espérance même,
Je t'aimerais, Seigneur, tout autant que je t'aime.

———

XXVII.

NAPLES.

Un jour que je passais à la Villa-Reale,
Un jeune grenadier de la garde royale,
Qui veillait l'arme au bras, l'air grave, d'un pas lent,
Auprès d'une figure, en buste, en marbre blanc,
Me cria tout à coup du haut de la terrasse,
En français : Saluez, c'est le portrait du *Tasse !*
Et j'obéis, lecteur, sans peine à cette voix,
Car j'honore en mon cœur et respecte les rois.
Etait-ce le devoir de cette sentinelle,
Ou l'inspiration d'une âme noble et belle,
Qui, fière de ce poste où le sort la mettait,
Me faisait partager tout ce qu'elle sentait ?
Quoi qu'il en soit, soldat, moi je te remercie,
De m'avoir fait payer ce tribut au génie.
Par ta voix, en ce jour le sévère destin
Me rappelait, hélas! pauvre Napolitain,

Qu'en mon noble pays, qui méprise le vôtre,

Le génie est un roi méprisé comme l'autre ;

Car l'Envie et sa sœur la fausse Égalité

Y jettent de la boue à toute majesté.

———

XXVIII.

A M. PHILIPPE BUSONI.

SATIRE.

Il est trois êtres vils, trois ignobles pourceaux
Flairant partout le mal de leurs sales museaux,
Et quand ils l'ont trouvé s'en faisant une fête,
Et dans la fange encor se remettant en quête ;
Mensonge, Médisance et Curiosité,
Enfants du vieux Paris et de l'Oisiveté,
Êtres pour qui le mal et le bien de la terre,
Et tout ce qu'en ses flancs ce pauvre globe enserre,
Et le malheur du peuple, et la chute des rois,
Et l'émeute aux grands cris, et la France aux abois,
Et la fraude et le vol, l'assassinat infâme,
Et le deuil d'un foyer, et l'honneur d'une femme,
Ne sont que même chose et même amusement,
Un sujet pour causer et pour rire un moment.

Le plus hideux des trois, le monstre Calomnie,

S'accouple quelquefois avec l'Hypocrisie,

Et ce qui sort alors de cet accouplement

N'a ni forme ni nom sous le haut firmament !

Et d'absynthe et de miel c'est un affreux mélange,

C'est un cœur de serpent avec un regard d'ange.

Tandis que l'innocence, au sein tranquille et pur,

S'endort enveloppée en son réseau d'azur,

Le monstre veille ; il vient en ses mines funèbres,
Et la chose s'avance au milieu des ténèbres.

Elle approche, elle approche ; ah ! lève-toi, Seigneur !

Défends l'homme de bien de ce lâche imposteur ;

Ne laisse pas, Seigneur, sa langue de vipère

Profaner plus longtemps ton saint nom sur la terre ;

Lève-toi, lève-toi ; dis-lui : Je te connais,

Je t'arrache aujourd'hui ton masque pour jamais ;

Tantôt religion, tantôt philanthropie,

Tu t'appelles pour moi l'infâme Hypocrisie !

XXIX.

A LA MÉMOIRE DE M. AMAR,

PROFESSEUR.

En quel homme vit-on le parler plus honnête,
Le cœur plus pur, plus chaud, et la plus sage tête;
Quel autre eut comme lui la douce majesté,
Et la grâce décente, et la sérénité,
Quand sa bouche inspirait à nos jeunes poitrines
L'amour du vieux français et des lettres latines !

XXX.

A LA MÉMOIRE DE MON PÈRE.

Épuise tes poumons, souffle et poursuis la lutte ;
Bien ! hiver, tu ne peux que retarder ta chute ;
Vois-tu ce bel enfant avec son air moqueur,
Qui vient à pas de loup ; il sera ton vainqueur.
Déjà, tenant en main ses flèches de verdure,
Il guette en tapinois les vents et la froidure :
Ne l'attends pas, crois-moi ; fuis, maussade vieillard,
Avant que dans tes flancs il n'enfonce son dard,
Et que de ton front pâle avec ses doigts de rose,
Il n'arrache en riant ce masque si morose.
Ainsi, s'il t'en souvient, le Philistin géant
Fut désarmé jadis par la main d'un enfant.
Puissent, comme les vents, mes amères pensées,
Vers les pôles lointains être par toi chassées,
Et je te bénirai, jeune dieu que j'attends,
Amour de la nature, ô gracieux printemps !

Puisse aussi, jeune dieu, toute souffrance humaine,
S'éloigner au contact de ta tiède haleine,
Et comme les frimas, tous les cœurs des heureux
Se fondre à la chaleur de ton souffle amoureux!

Et toi, Père de tous, qui répands sur la terre
Des réservoirs du ciel tes trésors de colère,
Rends-nous l'aube argentée et le couchant vermeil;
Seigneur, Dieu tout-puissant, ah! rends-nous le soleil;
Rends-le pour les moissons, les raisins en arcades,
Pour les bois, pour les champs, pour les pauvres malades;
Exauce-nous, soleil, roi de l'humanité,
Remplaçant de la gloire et de la liberté.
Viens, grand consolateur de la noire souffrance,
Viens encore, ô soleil, revoir ta belle France!
Ses enfants, Dieu du jour, ses enfants sont les tiens;
Car comme toi, soleil, ses ardents citoyens
De leurs brûlants cerveaux font jaillir la lumière,
Et réchauffent le sein de la nature entière.

XXXI

SONNET

IMITÉ DE GIANNI,

DÉDIÉ A M. BAYEN.

A l'heure où Jésus-Christ, au sommet du Calvaire,
Poussa le grand soupir et mourut sur la terre,
Dans l'autre monde Adam fut ému de pitié;
De sa couche de fer se levant à moitié,
Tout pâle, il se pencha sur Ève, notre mère :
Puis, en la regardant d'un œil triste et sévère :
— Femme, s'écria-t-il d'une funèbre voix,
C'est pour vous que ce juste expire sur la croix!

XXXII.

A O'CONNELL.

Ah ! malheur à celui qui s'en va sur la terre,
Affligeant son semblable, et fait pleurer son frère ;
A celui qui contriste un esprit immortel,
Racheté comme lui du sang de l'Éternel.
Anglais, malheur à toi ! toi, bourreau de l'Irlande,
Qui viens à des mourants faire payer l'offrande !
Anglais, peuple égoïste ! ah ! peuple trop vanté,
Nous savons ce que vaut ta belle liberté !
Et vous, sots voyageurs, riches cosmopolites,
Qui promenez chez nous vos faces hypocrites,
Allez porter votre or, allez porter du pain
Aux pauvres Irlandais qui se tordent de faim ;
Qui , semblables, hélas ! à des bêtes sauvages,
Grattent pour se nourrir le sol de vos rivages.
Tout sur le continent semble prendre une voix,
Et l'homme et la nature, et crier à la fois :

Les fruits sont assez doux, la terre assez fleurie,
Le soleil assez chaud, quand c'est dans la patrie :
Anglais, le continent ne veut plus de vos biens ;
Allez porter votre or à vos concitoyens !

Et toi, grand citoyen, dont la noble bannière
Guide ce pauvre peuple en la sainte carrière,
Dis-lui, si Dieu le veut, qu'il sache attendre en paix ;
Et comme le Sauveur, se courbe sous le faix,
Dis-lui qu'il se résigne, et qu'il cesse de croire
Qu'ici-bas le bon droit suffit pour la victoire :
La justice, O'Connell, a son triomphe ailleurs :
La terre est aux plus forts et le ciel aux meilleurs !

XXXIII.

TRADUIT DE SIMONIDE DE CÉOS.

Qu'autour de nous tout dorme, et les vents et Neptune,
Et nos malheurs, hélas! et l'injuste fortune;
Et toi, mon fils, et toi, pauvre enfant sans raison,
Dans ce fragile bois qui te sert de maison,
Dors en paix sans penser à la douleur future;
Laisse les flots baigner ta blonde chevelure!
En te voyant dormir, peut-être Jupiter
Apaisera son aigle aux deux ongles de fer.

———

XXXIV.

Poëte, tous les deux nous portons des couronnes,
Mais roi je la reçois, poëte tu les donnes.
(*Charles IX.*)

Camoëns, Camoëns, illustre Portugais !
Te quittant autrefois, ton pauvre Javanais
Mendiait vers le soir, dans l'ingrate Lisbonne,
Pour son illustre maître une chétive aumône.
Car toujours, ô mon Dieu ! la triste pauvreté
Veille près du génie, et marche à son côté ;
Et toujours les enfants de la céleste lyre
Ont gémi sous la faim ou l'horrible délire.
Ils adorent pourtant et le grand et le beau ;
Ils sont simples de cœur et nobles de cerveau ;
Ils nous semblent enfants, insensés que nous sommes !
Et ces enfants pourtant sont plus grands que des hommes.
O sainte poésie ! honneur, honneur à toi !
Car, dans ce siècle mort et d'amour et de foi,

Pareille à ces consuls de l'antique Italie,

Ne désespérant pas du sort de la patrie,

Toi seule sur la terre, en ce lieu corrompu,

Tu crois à la justice, au bien, à la vertu;

Et couvrant les humains de tes puissantes ailes,

Ne désespères pas des affaires mortelles.

XXXV.

SAN LUIGI DE' FRANCESI,

A M. TOM MASSÉ.

Saint-Louis des Français est une ancienne église,
Près du joyeux Corso, pieusement assise,
Portant en lettres d'or, autour de son fronton,
Le jour de son baptême et son glorieux nom.
Or, un des derniers jours de la sainte semaine,
Que sa nef renfermait la noblesse romaine,
Je vis monter en chaire un prêtre dans ce lieu,
Pour dire aux assistants la volonté de Dieu;
Il était jeune et beau; sa bouche gracieuse
Répandait à grands flots la parole pieuse :
Si bien qu'autour de lui, l'attentif auditeur
Ne savait s'il aimait le Verbe ou l'orateur.
Ainsi, divin Jésus, tu subjuguais les âmes,
Et les cœurs palpitants de ces trois saintes femmes

Qui, jusqu'en Galilée accompagnant tes pas,

T'aimaient d'amour peut-être, et ne le savaient pas :

Tant chez ces orgueilleux, que si fort on renomme,

Une idée a toujours besoin de se faire homme

Pour attirer leurs yeux, pour pénétrer leurs cœurs,

Et dans leurs sens émus darder ses traits vainqueurs.

Aussi celui qui fit l'humaine créature,

Voyant qu'elle était faible et d'infirme nature,

De ses deux mains de père a-t-il voulu toujours

En un faisceau divin unir tous les amours.

XXXVI.

A M. LE COMTE SCHOUWALOFF,

Traduction de la Canzone de Pétrarque, *Di pensier in pensier.*

De penser en penser, de montagne en montagne,
Amour me va guidant, et toujours m'accompagne;
Car les chemins frayés sont mortels au repos.
Si par des champs déserts coulent de fraîches eaux,
Si près de quelque mont s'enfonce une vallée,
Là s'arrête un moment mon âme désolée:
Selon qu'amour l'invite, elle pleure, elle rit,
Elle craint, elle espère, et se calme, et s'aigrit;
Et puis le corps qui marche où l'âme le convie,
Devient calme ou serein, au gré de son envie.
Voilà pourquoi tout homme expert en ce tourment,
Dirait : Celui-ci vit et ne sait pas comment !

Dans les lieux où descend l'ombre d'une colline,
Je m'arrête souvent; et mon âme dessine

Sur le premier rocher son visage charmant;

Et bientôt en moi-même un doux frémissement

M'avertit que mon cœur est tout près de se fendre;

Et je murmure alors d'une voix faible et tendre :

Las ! où suis-je venu? d'où suis-je séparé?

Mais si je laisse aller mon esprit égaré,

Je sens amour si près, que l'âme tout à l'aise

De ce charme trompeur se nourrit et s'apaise;

Si belle je la vois, que si durait l'erreur,

Je sentirais enfin du calme dans mon cœur.

Souvent, (qui me croira?) dans l'eau d'une fontaine

Je l'ai vue, et souvent autour du tronc d'un chêne ;

Et regardant en haut, j'ai vu son front vermeil

Briller comme une étoile à côté du soleil.

Plus les lieux sont déserts, plus mon penser fidèle

A mes yeux abusés la représente belle [1].

Puis quand la vérité, libre de passion,

Efface devant moi la douce illusion,

[1] *Tanto più bella il mio pensier l'adombra.*

Je m'asseois sur la pierre, et tout triste, demeure
Comme un homme qui pense et qui souffre et qui pleure.

Vers le plus haut sommet et le plus dégagé,
Dans l'espace où le sol n'est jamais ombragé,
Me pousse quelquefois un désir indomptable;
Je marche le front bas; ou, couché sur le sable,
Je mesure mes maux et compte mes douleurs,
Et décharge mon sein gros d'ennuis et de pleurs.
Bientôt un noir frisson de tout mon corps s'empare,
Lorsque je vois, hélas! combien d'air me sépare
De ce gentil visage, et du regard vainqueur
Qui toujours est si loin, et si près de mon cœur.

XXXVII.

A M. ÉTEX,

STATUAIRE.

Ah! quel déplacement des choses de la terre!
Comme tout à présent tourne hors de sa sphère!
On rougit d'être fils, époux et citoyen;
Mais on ne rougit pas de mendier son pain,
D'être récompensé sur le seuil de la vie,
Avant de la servir, de charger la patrie.
Enfants, où placez-vous la noble dignité?
Vous faites, dites-vous, marcher l'humanité!
Ah! laissez son vaisseau sur la foi des étoiles,
Vers ses brillants destins voguer à pleines voiles;
Vous, simples matelots, mettez tout votre effort,
A pousser votre barque en un plus humble port :
Ce port est le travail, condition du vivre;
Qu'à ce modeste but tout votre cœur se livre;
Le travail, le travail, bouclier que le sort
Met au bras des humains pour affronter la mort!

XXXVIII.

A LA MÉMOIRE

DE LA PRINCESSE MARIE.

Entre sainte Cécile et le grand Raphaël,

Vous êtes à présent assise dans le ciel

Avec les rois de l'art et les rois de la terre,

Ensemble confondus au fond du sanctuaire.

Vous tenez les crayons et le ciseau d'airain

Beaux comme un sceptre d'or aux mains d'un souverain,

Car la sculpture sainte a dans sa noble veine

Un sang aussi divin que le sang d'une reine.

Vous avez sans vous plaindre accepté votre sort,

Et vous avez été si douce envers la mort

Que l'on faisait silence autour de votre couche,

Croyant encor ravir un mot à votre bouche,

Quand dégagée enfin de son lien mortel

Depuis longtemps votre ame était montée au ciel,

Au ciel qui vous ravit dans sa toute-puissance

Pour que vous le priez de plus près pour la France.

———

6

XXXIX.

A M. PH. SANDER,

DE HAMBOURG.

SCHILLER.

Schiller, honneur à toi! car ta muse divine
A chanté noblement notre sainte héroïne,
Quand un Français versait le sarcasme et le fiel
Sur cet enfant sauveur qui nous venait du ciel.
Chantre de la vertu, chantre de la souffrance,
Merci pour Jeanne d'Arc, et merci pour la France!

XL.

A L'ADJUDANT MATHIEU MARTINEL.

Amante du courage et de l'honneur civique,
De sa divine main, héros, la Grèce antique
Aurait mêlé jadis le chêne et le laurier
A ce crin noir qui pend de ton brillant cimier.
La France y met de l'or ; que ton noble visage,
Ah ! n'en rougisse pas : autre temps, autre usage.

XLI.

A M. ALEX. SOUMET.

L'argent coule à grands flots chez la femme perdue,
Et la vierge est sans dot, la vertu méconnue,
La veuve délaissée, et le pauvre orphelin
Ne sait pas, ô mon Dieu ! s'il mangera demain ;
Car le riche au cœur sec, aux entrailles de pierre,
Ainsi qu'un dieu de bois est sourd à sa prière.
A tout mauvais plaisir prodigue de son or,
S'il s'agit de malheur il garde son trésor.
Nous sommes retombés dans une nuit profonde,
Et l'amour et le feu sont partis de ce monde.
Alors les yeux baissés et le front abattu
La jeune fille dit : A quoi sert la vertu ?
Car elle ne sait pas encor que cette belle,
Que la vertu vaut bien qu'on l'aime un peu pour elle,
Pour elle toute nue, et simple et sans atour,
Et le front rougissant à la clarté du jour.

———

XLII.

A M. CAVÉ.

Repose en paix, Gomis, dans la terre étrangère,
A tes os fatigués elle sera légère;
Car sur ce sol, hélas! où tu t'es endormi,
Tu rencontras, Gomis, un véritable ami,
Qui, le premier de tous, devina ton génie,
Et qui sut t'alléger le fardeau de la vie.

XLIII.

A MM. LAUDY,

CIMAROSA ET LABLACHE.

Joyeux Napolitains, nés sous la même étoile,
Votre cœur est sans fiel et votre âme sans voile,
Lorsque vous paraissez le ciel semble s'ouvrir,
La nature écouter et la terre fleurir.

XLIV.

A M. LE COMTE ALFRED DE VIGNY.

Dans le séjour des morts mon âme fut ravie,
Je vis les corps des rois acquittés de la vie.
Voudriez-vous, leur dis-je, ô superbes humains,
Revivre et repasser par les mêmes chemins?
Et de leurs larges fronts secouant la poussière,
Je les vis se lever à moitié de leur bière,
Et me faisant, muets, un signe de la main,
Retomber lentement sur leurs couches d'airain.
Et vous, criai-je alors, habitants des campagnes,
Vous, pauvres villageois, vous, leurs douces compagnes,
Parlez! voudriez-vous, ô malheureux humains,
Revivre et repasser par les mêmes chemins?
Et j'entendis soudain, dans ce lieu solitaire,
Tous ces corps s'agiter et sourdre sous la terre,
Et cette voix, sortant de leur sombre prison,
Percer légèrement les tertres de gazon :

Rends-nous-la, rends-nous-la, cette vie et ses larmes,
Malgré les mauvais jours elle eut pour nous des charmes,
Et nous sortons joyeux de l'ombre du tombeau
Pour reprendre ici-bas la bêche et le rateau.

(M. DE CHATEAUBRIAND.)

XLV.

SUR LA MORT DE MADAME MALIBRAN.

Après avoir passé par les terrestres fanges,
Jeune femme, à présent tu chantes pour les anges,
Pour la Vierge Marie et son céleste enfant,
Qui, dans ses bras divins, t'écoute triomphant.
Ne crains plus désormais qu'une avare famille
N'épuise avant le temps la jeune et pauvre fille.
L'or n'a pas cours là-haut; dans ce sublime lieu,
Tous tes accents seront pour la gloire de Dieu.

XLVI.

Mozart, divin Mozart, quoi! du royaume sombre,
Ne verra-t-on jamais s'élever ta grande ombre,
Chassant à coups de fouet, dans ses saintes fureurs,
De ton royal palais ce troupeau de vendeurs!

———

XLVII.

Quest-ce que l'homme, hélas! chose vile et superbe,
Assemblage éternel et de biens et de maux,
Comme l'Assyrien, avec les animaux
Condamné pour un temps à se repaître d'herbe.

(Silvio Pellico, *Poésies.*)

LES DEUX ENFANTS

ET

LE PROPHÈTE.

A MADAME GABRIELLE JOBEY.

Dans son ciel d'émeraude on prétend qu'autrefois
Mahomet fit entendre un jour sa grande voix.
« Esprits supérieurs, vous, ordre secondaire,
Je vous ordonne à tous, ici, de satisfaire
Et d'exaucer les vœux, ou bons ou malveillants,
Que vous adresseront ces deux jeunes enfants! »
Or, les deux enfants morts, dans la cour éternelle
On entendit encor cette voix solennelle;
Plus de trois cents esprits, au son de cette voix,
Devant le trône d'or parurent à la fois;
Tous les esprits du ciel et tous ceux de la terre,
Les bons et les méchants n'avaient pu satisfaire

Les désirs et les vœux sans cesse renaissants
Du jeune homme, l'aîné des deux petits enfants.
A cette triste vue, hélas! le saint prophète
Dit d'une voix plus douce, en secouant la tête :
« Montrez-vous, maintenant, vous qu'appela sa sœur!»
Un seul parut alors, l'Ange de la pudeur.

———

XLIX.

PRASCOVIE LOPOULOFF.

A MADAME DE BAWR.

Jeune Sibérienne, ô toi! sœur d'Antigone,
Qui fis répandre au Tzar des larmes sur son trône,
Si ce froid univers avait ton dévoûment
Nous serions les égaux de ceux du firmament,
Car tu fus surhumaine : aussi, belle héroïne,
Ta vertu fut nommée une vertu divine.
Quand son terrible exil ici-bas fut fini,
Le Christ ouvrit enfin les bras à l'infini,
Et l'ange de la mort qui tenait son épée
N'osait pas en frapper cette tête sacrée.
Mais Jésus lui disait, se soulevant un peu :
« Ange, fais ton devoir, et remonte vers Dieu! »
Or, la mort hésitait, parce que, sur la terre,
C'était le Fils faisant la volonté du Père.

A M. ALFRED DE MUSSET.

LES PRÉTENDUS RÉGÉNÉRATEURS.

Tu fais un cercle à Dieu de ton triste compas,
Et tu lui dis après : Tu n'en sortiras pas.
Mais Dieu, c'est l'univers, et la matière et l'âme,
C'est la terre et le ciel, c'est l'homme et c'est la femme,
C'est tout ce qui respire et tout ce qui se meut,
C'est l'arbre et le torrent, c'est la terre et le feu.
Partout où l'on travaille, et partout où l'on prie,
Et partout où l'on vit, c'est Dieu ; Dieu, c'est la vie ;
Toi qui ne le sens pas, toi seul es un impie.
Te croyant une sainte et grave mission,
Tu veux faire à ta guise une création ;
Tu dis, dans ton orgueil, telle chose est impure,
Et dans les bras de Dieu tu châtres la nature.

Et de quel droit viens-tu, de ta profane main,

Retrancher une branche à cet arbre divin !

Il est bien comme il est, puisque le planteur même

Avec tout son feuillage et le cultive et l'aime,

Assieds-toi sous son ombre, ô voyageur d'un jour !

Tu n'as que peu de temps, qu'il soit tout à l'amour ;

Mortel, celui qui fait, seul a droit de défaire ;

Il te reste un *devoir*, adorer et te taire !

LI.

A M. J. DE SAINT-FÉLIX.

Précédé sur le soir d'un esclave fidèle,

A Rome, quelquefois, le divin Marc-Aurèle,

Déposant le laurier de son front radieux,

Chez un stoïcien allait causer des dieux,

Et sondant les secrets de la sainte nature

Ils se parlaient longtemps de la chose future ;

Et Rome, triomphant, voyait avec bonheur

Sous le même manteau le Sage et l'Empereur.

LII[1].

Pacifiques soldats au bras ferme et puissant,
Dont le corps n'est jamais teint que de votre sang,
Qui, toujours sur la brèche et toujours en campagne,
Sauvez le citoyen et sa faible compagne;
Si l'incendie avance en rugissant, soudain
Vous allez droit au monstre et coupez son chemin.
Quand les vieux régiments dormiront sous la terre
Sur leurs canons éteints avec leur sœur la guerre,
Le front ceint des lauriers de ton utile honneur,
Tu resteras debout, ô bataillon sauveur !

(Janvier 1838.)

[1] Cette pièce est dédiée aux Sapeurs-Pompiers.

LIII.

A M. PESSONAUX.

MONTE-PINCIO.

Dans la ville de Rome il est une heure sainte :
Quand l'*Ave Maria* sonnant dans son enceinte,
Le divin *Angelus* vient sur l'aile du vent,
Et que la cité prie, ainsi qu'un grand couvent.
Les bruits du jour ont fui ; l'air est pur et tranquille ;
Tous les peintres français reviennent à la ville ;
Et, portant sous le bras leur fidèle carton,
Regagnent à pas lents la Trinité du mont ;
Et les enfants romains, sur les marches de pierre,
Suspendent un instant le jeu pour la prière ;
Et le ciel et la terre, en ce pieux moment,
Ne respirent qu'amour et que recueillement.

7

Alors l'Italien sent dans son âme ardente

Retentir tout à coup ces deux beaux vers de Dante :

« Car la cloche du soir vient émouvoir son cœur,

« En paraissant pleurer le beau jour qui se meurt [1]. »

[1] *S'ode squilla di lontano*
Che paja il giorno pianger che si more.
(DANTE, *Purgatoire*, ch. VI.)

LIV.

AU CURÉ DE BELLEVILLE,

QUI SUSPENDIT L'OFFICE DIVIN POUR EMPÊCHER UN DUEL.

Après avoir traîné tes nobles cheveux blancs
Dans la poussière, aux pieds de ces cruels enfants,
Quand tu revins enfin au fond du sanctuaire,
Vainqueur et radieux, achever le mystère,
La blanche Eucharistie attendant sur l'autel,
A ton aspect brilla d'un éclat immortel ;
Debout à ses côtés, deux séraphins fidèles
Rafraîchirent ton front de l'ombre de leurs ailes ;
Car, prêtre, tu venais, en cet auguste jour,
De ravir à ton Dieu son éternel amour.

LV.

LES ANTONINS.

A M. ALFRED BLANCHE,

AVOCAT.

En trois corps différents, une seule et même âme
Éclaira l'univers de sa céleste flamme;
Ce fut de la vertu la légitimité.
Plus que ces fils du corps, l'empereur adopté,
Ce noble et chaste enfant de l'âme et du génie,
De celui qui mourait continuait la vie.
Le monde respira sous vos sceptres divins;
Vous fûtes plus chrétiens, ô Césars-Antonins!
Que bien des successeurs de l'apôtre saint Pierre,
Qui foulèrent des rois sous leur sandale altière :
Vos adorables lois et vos décrets humains
Enseignèrent le juste aux barbares Romains.

Par vous les délateurs furent chassés de Rome,

Locuste et ses poisons disparurent, et l'homme,

Si désaccoutumé du spectacle des cieux,

Au jour de la pudeur habitua ses yeux.

O sages couronnés! votre génie habile

A côté des faux dieux fit régner l'Évangile;

Et quand il pense à vous, l'univers voit encor

Briller à l'horizon l'éclat de l'âge d'or.

LVI.

A M. ERNEST FOUINET.

Vois, je suis citoyen, père, époux, magistrat;
Je nourris, je défends et j'honore l'État;
Le devoir au devoir s'enchaîne en ma carrière,
Comme le grain au grain s'unit dans le rosaire :
Ces maîtres tout-puissants mènent partout mes pas;
Je suis leur serviteur et je ne me plains pas.

LVII.

A DAVID,

STATUAIRE.

Mère des demi-dieux Phidias et Praxitèle,
O Grèce! honneur à toi, dont la main immortelle
Arrondit les contours du porphyre divin,
Le fit marcher un jour ainsi qu'un corps humain;
Et de l'Égypte, enfin, dénouant la ceinture,
Fit flotter la tunique ainsi qu'en la nature,
Et pour dernier présent, sur ses veines d'azur,
De ton sein parfumé répandit un lait pur.

LVIII.

A CELUI QUI FAIT LE BIEN EN SECRET.

DÉDIÉ A LA MÉMOIRE

DE M. DE FOUGEROUX.

Noble inconnu qui fais le bien sur cette terre,
Ton âme dans le ciel recevra son salaire.
Si tu caches ta vie, ô mortel simple et bon !
Celui qui connaît tout, là-haut connaît ton nom ;
Tu n'échapperas pas à son regard de père :
Vincent et Fénelon, et l'apôtre leur frère,
Présenteront à Dieu, dans son éternité,
Celui qui sur leurs pas suivit la charité :
Et tous les orphelins sauvés par tes aumônes
De leurs petites mains t'offriront des couronnes ;
Tes œuvres surgiront en foule autour de toi,
Et le grand firmament sera tout en émoi :
Car rien n'est aussi doux à la cour éternelle,
Que le modeste aspect de la vertu mortelle.

LIX.

LE TRAVAIL ET LA VAPEUR.

A M. U. DE SACY.

Être prométhéen, ô céleste machine,
Ah! comme la sueur coule de ta poitrine;
Après tant de fatigue, ainsi qu'un noir coursier,
Tu reposes enfin tes quatre pieds d'acier.
Oui, je te chanterai, bizarre créature;
Je ne résiste plus, tu domptes ma nature;
Tu respires, tu vis, je te promets la paix,
Et peut-être entends-tu le serment que je fais.
Le travail, le travail, sur la terre et sur l'onde!
C'est désormais la loi de l'avenir du monde,
Que tout travaille et sue, et que la liberté
Savoure avec bonheur le fruit qu'elle a porté.
Laissons tout paradoxe et tout dédain futile :
L'utile, c'est le beau; car le beau, c'est l'utile.

Gutenberg, Raphaël, Jenner, groupe divin !

Aux lieux supérieurs vous vous donnez la main.

La féconde vapeur, s'élevant de l'usine,

Est aussi douce à Dieu, dans sa maison divine,

Que la prière ardente ou la brise du soir,

Ou le parfum qui sort du pieux encensoir.

Travailler, c'est prier. O mortels ! sans murmure,

Comprenez donc enfin votre large nature ;

Tout est bien à sa place en la création,

Et le bras et la tête, et l'âme et l'action :

Et le poëte aura, dans ce tout adorable,

Dans cet ensemble immense, un devoir admirable

Que nul être, ici-bas, ne peut lui contester,

Le plus pur des devoirs, celui de le chanter.

LX.

A EUGÈNE DELACROIX.

JUSTINIEN.

Avez-vous, dans le Louvre, attaché votre vue
Sur ce jeune homme en noir, debout, la tête nue,
Le regard ferme et droit, naïvement posé,
Et tenant dans ses doigts un vieux gant jaune usé?
Il semblerait souvent que la noble figure
Parle quand elle veut, comme fait la nature.
Et ce savant portrait, ce beau Vénitien,
Est sorti du cerveau du peintre Titien.
Formé depuis longtemps à cette grande école,
Il n'a pas fait de l'art une étude frivole,
Celui qui, pénétré de ce modèle ancien,
Peignit avec du feu César Justinien,
Et le beau messager soufflant dans sa poitrine
La volonté du ciel avec la loi latine,

Et dictant les statuts que la puissante main
En silence écrivait sur le grand parchemin.

LXI.

Autrefois, je disais à quelqu'un que j'aimais :
Qui s'amuse toujours ne s'amuse jamais.
Tu veux fuir toute peine, en ton erreur profonde,
Et portes comme Atlas le lourd fardeau du monde.
Le plus chargé de tous et le plus malheureux,
Retiens-le bien, enfant, ah ! c'est le paresseux.

LXII.

Que penser, juste ciel ! et que dire et que faire ?
Le monde tourne , hélas! en dehors de sa sphère :
Rien ne marche et ne va comme aux jours d'autrefois.
Les rois sont des acteurs , et les acteurs des rois.
Au premier coup du sort, un homme veut descendre
Chez les morts, et voilà qu'on honore sa cendre !
Et pourtant il a fui ; pourtant, son action
Demanderait l'excuse et non l'ovation !
Que n'allez-vous plutôt, sur la terre étrangère
Chercher, concitoyens, la dépouille guerrière
De vos vieux défenseurs. Fouillez les monuments,
Et, revenant chargés de leurs grands ossements ,
Portez-les en triomphe au sein de la patrie.
Et ces illustres corps, acquittés de la vie,
Qui, lorsqu'ils respiraient, portaient l'adversité
Et la souffrance amère avec sérénité,
Mettez-les, ô Français! sur un bûcher immense,
Et découvrez vos fronts : un autre honneur commence :
Tu seras juste, alors, ô grande nation !
C'est à ces saintes morts qu'on doit l'ovation.

LXIII.

Ah! malheur à tous ceux qui ne pardonnent pas,
Et qui gardent le fiel jusqu'au jour du trépas !
Pardonner, c'est comprendre. Ah! que, dans sa carrière,
Le grand soleil s'éteigne avec notre colère !
Examinons, ami, notre cœur chaque jour ;
Et bannissons-en tout, tout, excepté l'amour.

LXIV.

C'est un spectacle horrible, infâme, qui, vois-tu,
Fait dresser les cheveux d'horreur à la vertu ;
Et sa sœur la justice, en un morne silence,
Se lève de dépit, et brise sa balance ;
Et, comme les mortels, le lointain firmament
Est frappé de stupeur en ce triste moment.

LXV.

A M. RONNA

DI CREMA.

Quand un aveugle tient un flambeau devant lui,
Il porte la lumière, et reste dans la nuit :
J'aime, je sens le bien, je le conseille aux autres,
Je vais partout prêchant comme les saints apôtres ;
Et quand je veux agir, je suis faible, abattu,
Et je sens mon cœur froid, et mort à la vertu.
Il est temps, il est temps de m'apporter remède,
Esprits supérieurs : venez donc à mon aide.
De tous les points du ciel, ah! tendez-moi la main,
Car je me suis perdu dans un mauvais chemin ;
J'ai voulu, cependant, dans la sombre carrière,
Revenir sur mes pas et tourner en arrière ;
Mais plus de ce sentier je me suis retiré,
Et plus, Seigneur, mon Dieu, je me suis égaré.

LXVI.

DISTRIBUTION DES PRIX.

Août 1838.

A MADAME SOPHIE BLANCHE

ET A SES ENFANTS.

Notre maison hier était pleine d'enfants ;
C'était le jour des prix. Joyeux et triomphants,
Dans leur petit jargon ils célébraient la fête,
Et faisaient un tapage à nous casser la tête :
Et moi, je me disais, à leurs ébats bruyants,
Quand donc finirez-vous, implacables enfants?
Ils ont fini ; ce soir, par la nouvelle allée,
Comme un essaim d'oiseaux, leur troupe est envolée.
Ils sont partis, enfin; tout est calme, tout dort;
Plus de jeux, plus de bruit; mais hélas! c'est la mort.
Aimons le mouvement : les enfants, c'est la vie;
Aimons leurs jeux, leurs cris, et portons-leur envie;

Ils sont meilleurs que nous : leur âge est innocent,

Et dans leur jeune veine il bouillonne du sang.

Ne les attristons pas par des conseils moroses;

Ils verront assez tôt le grand revers des choses

En attendant ce jour que garde l'avenir,

Avec eux, sans orgueil, aimons à rajeunir.

Devant eux est le monde, et devant eux la vie,

Qui toujours de devoirs doit être bien remplie;

Car, aux mains des mortels, c'est un vase d'airain

Où le vide souvent pèse plus que le plein.

8

LXVII.

A MADAME P****.

Cimarosa, Rubens, et toi, blond Raphaël,
Vos noms, artistes saints, sont descendus du ciel,
Comme pour annoncer, par leur douce harmonie,
Le céleste cachet qui fait votre génie.
La muse Mélodie elle-même posa
Un baiser sur le front du doux Cimarosa ;
De l'archange divin à la noble figure
Le peintre d'Urbino porte la chevelure ;
Et le fougueux Rubens, de sa puissante main,
Ravit à l'occident sa pourpre et son carmin ;
Et vous, par la candeur de votre nom, Madame,
Ne révélez-vous pas la candeur de votre âme !

———

LXVIII.

A M. LÉON BÉQUET.

LE LIEUTENANT DROUINEAU.

Hélas ! en sommes-nous à ce point dans l'abîme,
Qu'on ait pitié de tous, hormis de la victime?
Illustre lieutenant, quand le plomb assassin
Te frappant désarmé, t'eut déchiré le sein,
On t'oublia bientôt, toi que la Grèce antique,
En marbre de Paros, sur la place publique,
Eût peut-être sculpté de ses divines mains,
Pour servir de modèle au reste des humains.

LXIX.

DEUX JEUNES FEMMES.

A M. BOULAY-PATY.

Sous un regard de feu cachant un cœur de glace,
Votre beauté divine en tous lieux nous enlace;
Chacun de nous la chante, et quand il a cessé,
L'instrument dans vos mains est à l'instant brisé;
Car chaque voix pour vous du même son résonne;
Vous recevez de tous, ne rendant à personne;
Et de tous les côtés, ces hommes à genoux
Sont un miroir ardent ne reflétant que vous.
Vous ne voyez que vous, vous seule en tout visage;
Vous, dans toute parole, et vous, dans tout hommage:
Aussi le mal pour vous est à l'égal du bien,
Et croyant aimer tout, hélas! vous n'aimez rien.
Vous avez des enfants, et vous n'êtes pas mère;
Vous êtes froide, enfin; froide, et non pas sévère.

C'est manque de sentir, chez vous, et non pudeur,

Car vous êtes, Madame, une femme sans cœur.

Et pourtant j'en sais une, une autre jeune femme,

Sous deux grands sourcils noirs, lançant un œil de flamme.

Une autre, belle aussi, dont le front calme et pur

A la sérénité du firmament d'azur;

Mais il n'est pas menteur, le front de cette femme,

Et sa candeur est bien l'image de son âme.

Comme la Vierge-mère, entre ses bras charmants

Elle porte son fils, sujet de ses tourments

Et de ses pleurs amers, et de sa peur si vive,

Quand la première dent vint percer sa gencive :

Et ceux qui sont près d'elle, avec respect lui font

De toutes ses vertus une guirlande au front.

Elle, les yeux baissés, et sans paraître y croire,

Comme Marie, est humble au sein de tant de gloire. [1]

---

[1] *Ella si sedea umile in questa gloria.*
       (PÉTRARQUE, *Canzone chiare, fresche e dolci acque.*)

LXX.

A MM. MARDUEL ET LAVÉRAN.

Sophronyme, chargé des plus riches présents,

Au mois des fleurs, partait de Crète tous les ans,

Pour aller visiter dans son île lointaine

Un sage solitaire, Erésicthon d'Athène;

Et là, près de la mer, sous le ciel radieux,

Les deux vieillards longtemps s'entretenaient des Dieux;

De la nature ensemble ils sondaient le mystère,

Les fleuves et la mer, et le ciel et la terre,

Et pourquoi la marée, et comment les saisons,

Et Phœbus mûrissant les vins et les moissons.

Le dixième printemps, la brise parfumée

N'amenait pas, hélas! la nef accoutumée.

Elle arriva pourtant; mais ses voiles en deuil

Disaient que dans ses flancs elle avait un cercueil.

Un étranger, tenant une urne funéraire,

Parut, les yeux baissés, et descendit à terre;

Et tous les deux sur l'urne ils pleurèrent longtemps,

Et sans dire un seul mot partirent à pas lents,

L'un pour se retirer dans sa lointaine ville,

Et l'autre pour aller pleurer seul, dans son île. [1]

----

[1] Cette pièce est tirée des *Aventures d'Aristonoüs*, de Fénelon.

LXXI.

A MADAME CÉLESTE ****.

> Onze heures du soir; le sommeil et le songe le
> visitèrent dans sa couche, comme deux amis
> d'enfance, qui venaient lui faire leurs derniers
> adieux.

Elle n'était point pâle ou défaite, mais telle
Que la neige tombant sur le sommet d'un mont.
Tout son être était calme encor; sur son beau front
La mort en ce moment elle-même était belle :
Comme après un travail elle semblait dormir;
Et les hommes pourtant nomment cela mourir.

Après avoir passé, dans cette courte vie,
Les jours à travailler et les nuits à souffrir,
Vous êtes arrivée à ce mont pour mourir;
Vous suivez dans le ciel la princesse Marie,
Et maintenant enfin dans ce sublime lieu
Vous êtes toutes deux égales devant Dieu.

———

LXXII.

A JULES JANIN,

EN REVENANT DE BEZANCOURT, DES OBSÈQUES DE NOTRE AMI ÉTIENNE B****.

Il est sous le soleil deux adorables choses,
Un matin de printemps, parmi des fleurs écloses,
Pour réconcilier avec l'auteur du jour,
Et ces deux choses sont le travail et l'amour.
Toutes deux elles ont embelli votre vie,
Et prouvé que le cœur est frère du génie :
Elles ont toutes deux servi vos vieux amis;
Et ceux qui pour jamais, hélas! sont endormis
Quand l'heure du danger à sa fin fut venue,
Vous ont vu de ce mont gravir la crête nue,
Les consoler longtemps, recevoir leurs adieux,
Et leur serrer la main, et leur fermer les yeux.
Travail, amour, hélas! quand tout près de l'abîme
Nous chancelons, c'est vous qui sauvez la victime;

Qui venez doucement la prendre par la main,

Lui relever le front et marquer son chemin.

Travail, amour, par vous notre âme est ennoblie;

Travail, amour, c'est vous qu'on appelle la vie :

Car celui-là déjà sent le froid du trépas,

Qui ne travaille pas, ou bien qui n'aime pas!

LXXIII.

LE SUPPLICE DES CROCHETS.

A M. DECAMPS.

> Les hommes étaient à droite, regardant, sans
> paraître émus, cette scène de douleur ; les
> femmes étaient à gauche, pleurant et s'arra-
> chant les cheveux.
>
> (HÉRODOTE.)

Ils sont précipités le long du rempart blanc.

Les Osmanlis, armés de leurs cannes d'argent,

Regardent froidement cette effroyable scène,

Sans paraître éprouver ni surprise ni peine.

Immobiles, muets sur leurs brillants chevaux,

Et comme accoutumés à de pareils tableaux.

Les femmes seulement, l'âme de trouble pleine,

Représentent l'amour de la nature humaine,

Et tenant en pleurant leurs têtes dans leurs mains,

Ont peine à contenir l'angoisse de leurs seins;

Et de tous les côtés, l'atmosphère de flammes
Enveloppe et revêt ces hommes et ces femmes ;
Et celui qui le voit, dirait que pour un Dieu
Ce beau tableau fut peint par un pinceau de feu.

LXXIV.

A LOUIS BELLAIGUE.

Enfant, sois doux et bon, enthousiaste, ardent;
Que ton pied vers le bien soit toujours diligent,
Et comme au vieillard grec, une muse immortelle,
Mon fils, te donnera la jeunesse éternelle;
Car c'est la récompense, apprends-le dans ce jour,
De qui sait conserver et le cœur et l'amour.
Le corps a beau vieillir; alors que l'âme est belle,
Comme sur un vieux tronc une feuille nouvelle,
Elle est le bouclier qui brave les autans,
Et cache à tous les yeux l'injustice des ans.

LXXV.

Il est dans l'univers quelques âmes en peine;
Tel qu'un chien de berger elles sont en haleine,
Se tourmentant sans cesse et la nuit et le jour;
Ces âmes sont d'élite, et faites pour l'amour :
Si dans votre chemin vous en rencontrez une,
Remerciez-en bien le ciel et la fortune;
Ne l'effarouchez pas, gardez de la troubler,
Car la pauvre âme, hélas! pourrait bien s'envoler.

LXXVI.

LA VOLONTÉ.

A MM. ALIGNY, COROT ET ÉDOUARD BERTIN.

Un jour je me disais, voyant la grande mer
Écumer et monter en bouillonnant dans l'air,
Et jusqu'au firmament pousser son cri sublime :
Que sommes-nous, hélas ! devant un tel abîme !
Et la bouche entr'ouverte, et le sein agité,
J'étais tout en émoi devant l'immensité.
Et cependant voilà qu'à l'éclat des étoiles,
Un vaisseau dans le port entrait à pleines voiles :
Les matelots debout, l'écume encore au front,
Et leurs cabans trempés, étaient tous sur le pont ;
Et leurs yeux, rayonnant du prisme de la gloire,
Semblaient comme en triomphe et disaient la victoire;
Et l'homme suspendu sur le gouffre béant
Me paraissait alors plus grand que l'Océan.

Soudain je m'écriai : Purs enfants de lumière,

N'admirons donc pas tant l'insensible matière;

Car elle suit toujours un instinct arrêté,

Immuable et fixé de toute éternité.

L'homme, son propre arbitre, est changeant par nature,

Et partant, au-dessus de toute créature;

Car seul, il a reçu de la divinité

Ce qui fait sa grandeur, la sainte volonté.

Artistes grands et forts, c'est votre souveraine,

Votre maîtresse à vous, et votre illustre reine.

Par elle, artistes saints, vous avez combattu

Pour le beau, ce divin frère de la vertu;

Cultivez-le toujours, cet art pur et sévère;

Foulez aux pieds ces dieux adorés du vulgaire :

Et l'on verra vos noms, quand viendra le moment,

Entre Claude et Poussin briller au firmament.

LXXVII.

TRADUIT D'ALFIERI.

Une église ! une église ! allons ! qu'un camaldule,
Sous son blanc capuchon, le cache en sa cellule ;
Car on n'a de pitié que pour le meurtrier ;
Et l'autre est là qui meurt, et s'épuise à crier :
Au secours ! Malheureux ! n'en attends de personne.
Avec ton assassin la foule t'abandonne :
Car il est dangereux, lorsque la garde sort,
De se trouver, le soir, auprès d'un homme mort.
A Rome, la justice est aveugle, et capable
De prendre l'innocent à défaut du coupable.

LXXVIII.

A M. B****.

Or, je vis ceux chez qui l'amour avait passé ;
Et le signe du feu n'était point effacé,
Et leur âme était tiède encor, comme la couche
Que l'époux, au matin, abandonne ; et leur bouche
Avec sérénité disait des mots charmants,
Et ces hommes pourtant avaient des cheveux blancs.

LXXIX.

A M. POUPART.

Sur la place publique, aux portes de l'église,
Derrière le malheur la paresse est assise ;
Le monstre, aux bras croisés, est toujours là couché,
A son funeste enfant, par le sort attaché :
Le travail au teint frais, au pied léger, arrive,
Regarde avec dédain cette chose plaintive,
Et passe : il a raison. Mais toi, riche sans cœur,
Ne le repousse pas, car ce monstre est ta sœur.
Fatale oisiveté, femme inutile, immonde,
Quand disparaîtras-tu de la face du monde ?
Monstre, malheur à toi ! Comme en un tout hideux,
Vous êtes réunis et fondus tous les deux :
Car c'est par toi que l'homme, hélas ! sur cette terre,
Même au sein du bonheur, se plaint de sa misère ;
Sans toi, quand la mort même est tout près de venir,
Il voit devant ses yeux sourire l'avenir.

A PIERRE LEROUX.

Goëthe, grand Jupiter, dans la mortelle vie,
A dédaigné l'amour et choisi le génie ;
Mais il chérit toujours le travail indompté.
Et quand sur lui fondit la grande obscurité,
Quand à quatre-vingts ans, sa sublime paupière
Se fermait pour jamais et perdait la lumière,
Sa main, toujours fidèle à ce qui lui fut cher,
Semblait tracer encor des mots divins dans l'air.
Comme pour lui, Leroux, ta jeune et belle vie
Par le noble travail fut toujours embellie ;
Tu travailles partout, à toute heure, en tout lieu ;
Le travail est ta vie, et le travail ton Dieu :
Il est le Dieu de tous ; c'est le Dieu de la terre.
Travaillons tous, ami, chacun dans notre sphère ;
Et mettons une pierre à notre monument,
Comme l'illustre mort, jusqu'au dernier moment.

————

LXXXI.

A M. ALPHONSE PÉPIN.

Vous qui, me rencontrant dans mon triste chemin,
Me souriez souvent et me tendez la main,
Et qui, prenant pitié de ma triste existence,
Patients écoutez mon récit de souffrance,
Hommes, femmes, enfants, ici je vous unis;
Vous m'avez consolé, soyez donc tous bénis :
Non, je ne me plains pas de la nature humaine,
Car tout être vivant a soulagé ma peine,
Et sa seule présence, et le son de sa voix,
Ont soulevé mon corps sur sa pesante croix.

LXXXII.

L'EMPEREUR DE RUSSIE,

PENDANT LE CHOLÉRA.

AU PRINCE ÉLIM MESTCHERSKY.

Le géant d'Orient allait moissonnant tout,
Et le peuple crédule, ainsi qu'il l'est partout,
Et prompt à l'action, comme aux siècles antiques,
Criant qu'on infectait les fontaines publiques,
Assassinait. Partout dominait la terreur,
Lorsque de son palais descendit l'Empereur :
— A genoux ! cria-t-il ; c'est moi qui vous l'ordonne,
Et demandez au ciel, peuple, qu'il vous pardonne ;
Car vous avez commis un horrible forfait.
Expiez maintenant ce que vous avez fait ! —
Et le peuple à genoux, le front dans la poussière,
Poussa vers le Seigneur une ardente prière,
Et celui qui chérit tout ce qui vient du cœur,
Bénit du haut des cieux le peuple et l'Empereur.

———

LXXXIII.

AUX PERSANS DE KOSREW. [1]

Étrangers, vous avez espéré dans la France,
Et vous avez placé très-bien votre espérance :
Car la France est puissante, et n'abandonne pas
Le suppliant assis à l'ombre de son bras :
C'est toujours, étrangers, la grande hospitalière
Qui jamais ne ferma l'oreille à la prière,
Ouvrant son large sein à toute adversité,
La terre de l'amour et de la liberté.

[1] Une députation de Kosrew vint solliciter la pitié des catholiques français, pour racheter leurs femmes et leurs enfants que les musulmans voulaient vendre en esclavage, parce qu'ils ne pouvaient pas payer le tribut au Schah.

LXXXIV.

A LA MÉMOIRE

DU DUC DE FITZ-JAMES.

Tu reposes en paix, ô noble chevalier !
Ce siècle froid pourtant ne pourra t'oublier.
Vois s'avancer vers toi cet illustre fantôme,
Le vieux roi Charles Dix, dans son nouveau royaume,
Qui te dit :—Viens, mon preux, viens, mon loyal ami,
Oh ! viens, je t'attendais, embrasse-moi ! merci....
La fortune mauvaise, aussi bien que la bonne,
T'a retrouvé toujours fidèle à ma personne ;
Et ta bouche éloquente a défendu ton Roi.
Ici plus d'ennemis, plus de flatteurs pour moi :
Je regardais du ciel vers l'endroit solitaire
Où nos amis rendaient ta dépouille à la terre,
Et je sentais monter, de ce temple attristé,
Comme un parfum d'honneur et de fidélité ;

Car là s'étaient pressés tous ceux dont le courage
Dans les jours de malheur a fait tête à l'orage,
Tous mes vieux compagnons, ceux qui n'ont point encor,
A l'ordre de Plutus, adoré le veau d'or.

A M. G. DE PONS.

La grande antiquité, la main sur ses beaux yeux,
Dans un nuage d'or emporta tous ses dieux,
    L'errante Io, le triste Oreste,
Et la pauvre Médée, et le sanglant Thyeste,
Achille aux pieds légers, et Phébus-Apollon,
Et le maître des Rois, le fier Agamemnon.
Mais elle t'oublia, douce Cymodocée;
Dans un coin de la Grèce elle t'avait laissée.
Chateaubriand te vit sur le bord du chemin,
Et comme tu pleurais, il te prit par la main :
Dans notre vieille France il te mena tremblante,
Te plaça près de lui, pensive et rougissante;
Puis il te mit au front une couronne d'or,
Et tu devins son sang, sa fille et son trésor !

———

LXXXVI.

A HECTOR BERLIOZ,

SUR LA MORT D'ADOLPHE NOURRIT.

Si les chênes des monts, à la superbe cime,
D'eux-mêmes, ô mon Dieu! se jettent dans l'abîme,
Que deviendront, hélas! les pauvres arbrisseaux,
Faibles, et frissonnant sur le bord des ruisseaux.
Ah! n'oublions jamais qu'en la mortelle vie,
Le plus grand quelquefois survit à son génie;
Que c'est la triste loi de notre humanité,
Celle qui doit prouver toute sa pauvreté;
Qu'il faut donc sans éclat, sans but, sans espérance,
Et tant qu'il plaît au ciel, supporter l'existence!
Que c'est là le courage, et là la dignité,
Et que le reste, hélas! n'est que la vanité.
Son crime est bien souvent celui d'une belle âme
Trop pressée, ô mon Dieu! de vous rendre sa flamme.

Aussi, dans quelque lieu qu'il se trouve aujourd'hui,

Dieu de miséricorde, ayez pitié de lui.

Et vous, puissant Berlioz, chêne dont le courage,

Défiant tous les vents, a fait tête à l'orage,

Aux plus faibles que vous, intrépide lutteur,

Ah! de grâce, étendez votre bras protecteur.

LXXXVII.

AU COMTE DE PARIS.

Des flatteurs, autrefois, caressant ton enfance,
T'auraient dit les attraits de la toute-puissance :
Qu'un roi c'est comme un dieu, qui peut à volonté
Se jouer et du peuple et de la liberté;
Mais aujourd'hui, celui que chacun de nous nomme
A bien assez souffert pour savoir qu'il n'est qu'homme.
Quand tu pourras entendre et comprendre sa voix,
C'est lui qui t'apprendra le grand métier des rois :
Il te dira comment, au pays d'Helvétie,
Il donnait des leçons pour soutenir sa vie;
Comment il travaillait tout le jour, et comment
S'écoulait sans ennui ce long bannissement.
Il a souffert les maux que l'indigence donne,
Il a souffert en homme, et gagné sa couronne;
Et peut dire aujourd'hui, comme cet ancien roi :
— Je la cède à celui qui vaudra mieux que moi.

LXXXVIII.

LES HINDOUX.

A M. JULES PITOT,

CRÉOLE DE L'ÎLE DE FRANCE.

Des richesses d'autrui vous n'êtes point jaloux ;
Vos amours sont sacrés, et votre danse est sainte ;
Vous vivez sans envie, et vous mourez sans plainte :
Devant des dieux de bois vous êtes à genoux,
   Pauvres Hindoux !

De tous les fils d'Adam vous êtes les plus doux :
Lorsque vous succombiez à la grande famine,
Vous ne blasphémiez pas la volonté divine ;
Aux champs de Bénarès vous tombiez sans courroux,
   Pauvres Hindoux !

Au nom de Jésus-Christ, enfants, rassurez-vous;
Sous vos toits de bambou son céleste Évangile,
Doux agneaux de Brama, vit plus qu'en notre ville :
Vous êtes les chrétiens, et les païens, c'est nous,
> Pauvres Hindoux!

L'ange des innocents veille toujours sur vous.
Lorsqu'au ciel brillera la grande récompense,
Celui qui dans ses mains tient la juste balance,
Vous placera peut-être à sa droite, avant nous,
> Pauvres Hindoux!

———

LXXXIX.

AU COMTE FRÉDÉRIC CONFALONIERI.

Ils étaient descendus tout armés dans l'enfer [1],
Et sous leur tête avaient leurs boucliers de fer;
Et comme ils le faisaient autrefois sur la terre,
Leurs serviteurs près d'eux veillaient dans leur suaire.
Et ces rois, à la main tenant leurs sceptres d'or,
Aux lieux inférieurs semblaient régner encor :
Ainsi, noble martyr, attachée à la chaîne,
Ta divine vertu, toujours en souveraine,
Commandant en ces lieux de honte et de malheur,
Aux rochers du Spitzberg étouffait la douleur.

[1] Ancien Testament.

A SPONTINI.

Celle qui résonna de tes sublimes airs,

S'était donnée, hélas! à vingt amants divers;

Et comme Ulysse, un jour rentrant dans sa patrie,

Tu ne reconnus plus cette épouse chérie;

Elle n'entendait plus les accents de ta voix,

Et, ne t'adorant plus comme aux jours d'autrefois,

Semblait insoucieuse à ta nouvelle gloire.

Elle s'éveille enfin! chantre de la victoire,

Reconnais-toi toi-même, et prends ta lyre d'or,

Et comme aux jours passés, ah! chante, chante encor.

Après un si long temps sois-nous encor fidèle.

Comme en tes chants divins, la France te rappelle.

Déjà tressaille en toi ton génie enflammé;

Le feu de la Vestale est encore allumé;

Le grand prêtre à la main tient le lugubre voile;

Je vois du grand Cortez étinceler l'étoile;

10

Les Mexicains sont là, les captifs enchaînés :
Parle, et tous vont revivre, à ta voix entraînés;
Fais sonner la trompette, et leur troupe immortelle
Se lèvera, Cortez : la France te rappelle.

XCI.

A M. CHARLES DE MALARTIC.

SAINT JEAN (APOCALYPSE).

Et regardant en haut à l'horizon vermeil,
Je vis un ange pur, debout dans le soleil.
Il semblait tout joyeux, et comme dans l'attente;
Et tout à coup, jetant une voix éclatante
Que répéta l'écho de ce sublime lieu,
Il appela les bons au grand souper de Dieu.
Et puis après je vis, avec leur robe blanche,
S'avancer à leur tour les enfants du dimanche,
Shakspeare, Raphaël, Cimarose et Mozart;
Car, ainsi que les bons, ces divins rois de l'art
Ont payé leur tribut dans la mortelle vie,
Et pour eux la vertu se nomma le génie.

XCII.

Toujours, toujours le peuple, et de sa large veine
Le sang coulant à flots, comme d'une fontaine.
Ah! comme il jaillirait, ce sang, à gros bouillons,
Si vous veniez encore attaquer ces lions,
Étrangers, qui de loin, dans nos jours de souffrance,
Avec un œil moqueur regardez notre France.
Aveugles, sur lui-même il prélude aux combats
Qu'un jour vous livrera son formidable bras.

XCIII.

Ingens visa duci patriæ trepidantis imago,
Clara per obscuram vultu mœstissima noctem,
Turrigero canos effundens vertice crines.

(LUCAIN.)

Quand apparut à Jule, en cette nuit obscure,

De la patrie en deuil la tremblante figure

Répandant à grands flots, de son front crénelé,

Ses nobles cheveux blancs, dans son repos troublé

L'illustre capitaine entr'ouvrit sa paupière;

Et voyant à ses pieds sa déplorable mère,

Ému par cette image il demanda pardon,

Et puis le lendemain passa le Rubicon.

XCIV.

A M. DE CHATEAUBRIAND.

Les anciens dieux s'en vont de la terre de France :
Adieu les chevaliers, et les grands coups de lance ;
Adieu peut-être aussi l'antique loyauté,
Et de nos bons aïeux la sainte probité ;
Adieu les beaux lauriers, les drapeaux et la guerre.
Le travail est Achille : il lui faut un Homère.
Le travail, fils de l'ordre et de la liberté,
Est désormais le dieu de la grande cité :
Chateaubriand sera son prêtre sur la terre.
Quel autre mieux que lui connaît son culte austère ?
A l'aube matinale, il s'éveille, et soudain
Le coin de la pensée ouvre son front d'airain.
Pareil à ce géant, orgueil de l'ancien monde,
Qui voyait devant lui passer la mer profonde,
Un pied sur le passé, l'autre sur l'avenir,
Il voit d'un œil serein l'éternité venir.

Quand plusieurs de notre âge, hommes de peu d'haleine,

Palpitent sous la muse, et respirent à peine;

Comme son vieux Sachem, sous le souffle divin

Il poursuit, sans broncher, le glorieux chemin,

Parce que le malheur, élément du génie,

Dans ses puissantes eaux a retrempé sa vie :

Ainsi, le vieillard grec, l'aveugle harmonieux,

Sous la main du destin, chantait encor les dieux.

———

A AMÉDÉE CHÉRON.

LA LIBERTÉ.

Où donc séjournes-tu, divine liberté ?
Et par toi, dans le ciel, quel peuple est adopté ?
Pourquoi n'es-tu jamais, par le destin contraire,
O belle liberté ! que montrée à la terre ?
Pourtant quand tu parais chez les pauvres humains,
Le monde entier se lève, et frappe dans ses mains ;
Mais il te perd bientôt. Suivant tes funérailles,
Les plus stoïciens s'arrachent les entrailles :
D'autres, le front baissé, revenant sur leurs pas,
S'asseyent tristement au funèbre repas,
Et la pourpre à l'épaule, et la tête enivrée,
Prennent leur part, hélas ! à la grande curée ;
Et quand ils sont repus de viandes et de vin,
Ils se couchent muets sur les lits du festin,
Jusqu'à ce qu'au travers d'un brillant météore,
Pour t'enfuir aussitôt, tu te montres encore.

XCVI.

MAGNIFICAT.

Elle souffrit toujours dans la terrestre fange :
Et cependant sa vie était une louange;
Et son âme, à l'étroit dans sa sombre prison,
Et la nuit et le jour, était en oraison,
Tandis que tout son corps, étendu sur la claie,
Brûlait en holocauste, et n'était qu'une plaie.
Et nous qui la mettions au dernier monument,
Nous baisions, ô mon Dieu ! son simple vêtement
Et ses haillons sacrés; et je dis : Point de plainte,
Chantons le *Te Deum*, car c'était une sainte !

XCVII.

A M. GRABOWSKI.

Ne dis plus, ô Pologne, au grand jour du besoin :
Le Seigneur est trop haut, les Français sont trop loin [1].
Le Seigneur entendra le cri de ta souffrance,
Et pour te délivrer, enfin viendra la France :
Car j'ai vu tes enfants, ces hommes au grand cœur,
Porter légèrement le fardeau du malheur,
Et parmi nous encor, sur la terre étrangère,
Parler avec amour de ceux du Belvédère [2],
Les quatorze héros au gracieux surnom,
Ces fils d'Harmodius et d'Aristogiton,
Qui rendirent un jour, pour sauver la patrie,
Le sang que leur donna leur mère Varsovie.

[1] Proverbe polonais.
[2] Les quatorze jeunes gens qui commencèrent l'attaque contre les Russes.

XCVIII.

En sommes-nous venus à ce point de misère,
Que les hommes de haine accusent la colère ;
Que Caïus Gracchus de la sédition
Se plaigne, et que Sylla blâme l'ambition ;
Que les plus forts, hélas ! semblent perdre la tête,
Et le pilote même appeler la tempête !
L'Intrigue marche, avance, et de ses mille bras
Enveloppe la France, et prélude aux combats.
Vous seul, vous regardez la méprisable chose,
Comme fait un lion alors qu'il se repose[1].
Plus le monde s'agite autour de vous, au bruit
Que fait l'aile du monstre en passant dans la nuit,
Et plus, Chateaubriand, sur votre haute cime,
Votre obstiné silence est auguste et sublime !

[1] *A guisa di leon, quando si posa.*
      (DANTE, *Purg.*, ch. IX.)

XCIX.

L'INGRATITUDE.

Régane, Gonerill ¹, enfants dénaturés,
Filles au cœur de roc pour votre pauvre père,
Que vos noms soient maudits à jamais sur la terre.
Je comprends l'univers, ses mystères sacrés,
Ses symboles divins, ses sublimes figures,
Et les choses du siècle, et les choses futures,
Et les grandes vertus, et les plus grands forfaits,
Et le bien et le mal, tels que Dieu les a faits :
Mais toi, crime hideux, lèpre ignoble de l'âme,
Être seul et sans cause, ingratitude infâme,
Renversement fatal des choses d'ici-bas,
Monstre né de toi seul, je ne te comprends pas !

¹ Filles du roi Léar.

C.

A MADAME MAXIME ****.

Thérèse, Juliette, et toi, belle Antigone,
Vous êtes, jeunes sœurs, près du céleste trône
Et du triangle saint, d'où le divin amour,
L'amour supérieur, sur vous fondit un jour,
Et, divisant enfin ses adorables flammes,
En trois langues de feu vint embraser vos âmes.
L'Italienne alors, à ce charme nouveau,
Tomba toute tremblante aux bras de Roméo ;
Comme un parfum jaillit de quelque antique vase,
Thérèse s'éleva dans une douce extase ;
Et la fille thébaine, en ce moment fatal,
Pressa l'aveugle roi sur son cœur virginal.
Ces trois femmes brûlaient de trois divines flammes,
Et toutes trois alors étaient de saintes femmes ;

Car en modes divers , dans cet illustre jour,
Elles obéissaient à la loi de l'amour ;
Et ces trois saints amours, aujourd'hui dans votre âme,
Par un heureux accord , sont réunis, madame.

CI.

Oui, le remords s'attache à l'âme du pervers :
Comme on vit Canaris, noble héros des mers,
Voguant au capitan avec un fier sourire,
Attacher le brûlot aux flancs de son navire;
Ainsi, pour le méchant : l'inexorable feu
Le poursuit, le tourmente, et le brûle en tout lieu.
Au dedans de lui-même il sent pâlir son âme :
— Je me perds, je me perds, — se dit-il ; et sa femme
Couchée à ses côtés, insoucieuse, dort,
Et n'entend pas crier la voix de son remord.
Dieu protecteur des bons, éloigne de leur couche
Le monstre aux dents d'airain, à l'effroyable bouche :
Qu'ils reposent en paix, et qu'à leur doux sommeil
Succède chaque jour un innocent réveil ;
Comme pour vous, vieillard, vous dont l'âme vermeille
S'endort aux doux pensers des bienfaits de la veille,
Et le matin, sentez s'entr'ouvrir votre main
Déjà prête à verser le bien du lendemain.

— — —

CII.

A M. DE LAMARTINE.

Tout avait un écho dans cette Babylone,
Et l'esprit et le corps, et l'autel et le trône.
Seule, assise à l'écart sur le bord d'un chemin,
Une femme avait mis sa cause dans ta main;
Cette femme, c'était la sainte poésie
Que foule sous ses pieds la terrestre industrie.
Le jour de la défendre enfin est arrivé,
Et sur les gradins verts tu ne t'es pas levé;
Comme l'apôtre Pierre, aux portes du grand prêtre,
Viola sa parole et renia son maître,
Parmi ces pharisiens et ces nouveaux Hébreux,
O toi, le premier-né de son flanc généreux,
Au lieu de fustiger ce profane vulgaire,
Tu viens de renier ta noble et pauvre mère!
Tu protéges des forts, des riches, des ingrats;
Et ceux qui t'aiment tant, tu ne les défends pas!

Bel ange, descendu de la céleste sphère,

Pourquoi bégayes-tu la langue de la terre?

Quand tu chantes si bien, dis-moi, pourquoi parler?

Si l'oiseau marche, hélas! qui donc pourra voler?

Quelle que soit pourtant ta noble destinée,

En France, dans cent ans, ainsi que cette année,

Tes armes, ton blason, crois-moi, seront encor

Une lyre d'ivoire avec un archet d'or.

CIII.

A noi venia la creatura bella
Bianco vestita e nella faccia, quale
Par tremolando mattutina stella.

(DANTE, *Purg.*)

Je voyais venir vers nous la belle créature
vêtue de blanc, et tremblotant comme l'étoile
du matin.

Vierge, retourne au ciel, au firmament, crois-moi,

Au ciel qui ne peut plus se séparer de toi;

C'est lui qui souffre, hélas! de ta trop longue absence,

Et qui t'appelle à lui de toute sa puissance;

Vierge, retourne au ciel, va, rubis précieux,

Luire encore une fois au front ravi des cieux.

CIV.

A L'ESPAGNE.

Êtes-vous hommes? Non. Eh bien! bêtes féroces,
Quand donc finirez-vous vos vengeances atroces?
Ah! ne craignez-vous pas, ô Castillans pervers!
D'être mis quelque jour au ban de l'univers,
Et que, pour se garder de votre haleine impure,
L'Europe ne vous fasse une ardente ceinture.
Ah! malheureuse Espagne, ouvre tes bras sanglants,
Et dans ton grand giron recueille tes enfants;
Presse-les sur ton cœur, apaise leurs alarmes,
Et, de ta blanche main, essuie enfin leurs larmes.
Ceux qui faisaient ta force et ta gloire autrefois
Frémissent de te voir clouée à cette croix :
Espagne, tu n'es plus leur illustre patrie,
Cette fleur de savoir et de chevalerie[1],

[1] *O flor de saber y caballerià.*
(JUAN DE MENA.)

Quand tu tenais l'épée et le luth dans ta main,
Et ne te rougissais que du sang africain.
Le grand roi Charles-Quint se lève dans sa tombe,
Et te voyant si bas, en gémissant retombe.
Dans le ciel des guerriers, le Cid *Campeador*,
L'œil morne et consterné sous son beau casque d'or,
Te regarde souffrir, et dans cette misère
Il ne reconnaît plus sa belle et noble mère.
Les ombres des Zégris, que ton glaive sabra,
Rentrent de tous côtés aux murs de l'Alhambra;
Et le front triomphant, dans la sainte Cordoue,
Ton antique ennemi de ton malheur se joue,
En te voyant plonger dans ton flanc généreux
Le fer qu'aux jours passés tu dirigeais contre eux.

Christine, reine, et toi, Carlos le Catholique,
Prenez enfin pitié de la chose publique :
Sans quoi, malheureux rois, malgré tous vos efforts,
Vous ne régnerez plus bientôt que sur des morts.

(Mai 1838.)

CV.

Un enfant est tiré, dans une angoisse amère,
Et par des ferrements, du ventre de sa mère;
Par ordre naturel, et non pas par hasard,
Ce formidable enfant sera Jules César.
On est lent à mourir quand on est lent à naître;
Tel est l'ordre immuable et la loi de notre être.
La souffrance et le temps : c'est la condition
Et le premier degré d'initiation.
Vous qui souffrez, pleurez; et vous, dont le génie
Assombrit la pensée et tourmente la vie,
Soyez donc consolés, car cette adversité,
Hommes, vous garantit votre immortalité.

———

CVI.

A M. AUG. BOULLAND.

Lafayette, Franklin, Washington, Malesherbes,
Combien vous surpassez les conquérants superbes !
Apôtres du devoir et de l'humanité,
Vrais défenseurs du peuple et de la liberté,
On verra nuit et jour, ainsi qu'une âme en peine,
Le monde occidental se tenir en haleine,
Tant que la noble idée, enfant de votre cœur,
Ne l'aura pas soumis à son pouvoir vainqueur.
Vous avez pris parti dans la grande querelle
Pour la vertu divine, et combattu pour elle ;
Et maintenant votre âme est, au plus haut des cieux,
Au sacré diadème un rubis précieux,
Et votre souvenir une brise embaumée,
Présents que fait la sainte à ceux qui l'ont aimée :
Car les jours de l'épreuve étant tous révolus,
La vertu de sa main couronne ses élus.

Vous deux, nobles Français, dans cette paix profonde,

Qui, comme un océan, tout entiers vous inonde,

Peut-être plaignez-vous, près du trône enflammé,

Ce qu'autrefois, hélas! vous avez tant aimé.

Ames, rassurez-vous; car votre belle France

Est encore aujourd'hui, comme aux jours de souffrance,

Ardente et prompte au bien : le fléau corrupteur,

L'égoïsme, n'a point encor touché son cœur.

Forte comme un lion, quand on l'attaque en face,

Faible comme un agneau, quand la ruse l'enlace,

C'est toujours la guerrière à l'auguste cimier,

La France du roi Jean et de François Premier,

Que l'on peut dépouiller, et mettre nue à terre,

Mais qui garde toujours son divin caractère,

Qui dédaigne le corps, et prise haut le cœur,

Et qui peut perdre tout, *perdre tout, fors l'honneur.*

Conserve, ô mon pays! cette vertu sublime;

Et si, dans l'avenir, tu dois être victime,

Victime de l'amour et de la liberté,

Va toujours dans ta force et dans ta dignité :

L'Océan Pacifique et ses lointaines îles

Te verront aborder à leurs rives tranquilles;

Et, comme un vêtement aboli d'autrefois,

Jetteront l'égoïsme à ta puissante voix.

Oui, ce sont les Français; il n'est plus de misère :

Ils nous portent l'amour, comme ils portaient la guerre.

Peuples, embrassez-vous, et dites en ce jour :

—Oh ! qu'ils sont beaux les pieds qui marchent pour l'amour !

Et toi, France, poursuis ton illustre carrière;

Sur les peuples obscurs fais pleuvoir la lumière,

Et quand aura sonné le triste et grand adieu,

Tu te reposeras entre les bras de Dieu.

CVII.

A VICTOR HUGO.

L'univers tout entier a gémi de son sort,
Et le bien et le mal, et la vie et la mort;
Et l'abîme, poussant lui-même un cri sublime
A dit : — Seigneur, mon Dieu, pourquoi suis-je l'abîme? —
Mais le Seigneur a dit à la création :
— Accomplis ton devoir avec soumission.
J'ai créé le vautour, ainsi que la colombe,
Pour suivre leur instinct jusqu'au bord de la tombe :
Le mal, que j'ai voulu dans un dessein fatal,
Ne sera pas puni d'avoir été le mal;
Car le remords ne naît que quand la créature
Altère son essence et force sa nature :
Mais l'homme peut choisir ou du bien ou du mal,
Car il a sa raison, ce sublime fanal;
Ne l'éteins pas, mortel, cette sainte lumière;
Il vaudrait mieux pour toi n'être plus que poussière.

Et cependant, mon fils, ne crains pas tes tourments,

Les flammes de l'enfer, et ses grands châtiments;

Si tu fais mal, hélas! dans ce lieu de misère,

Si tu désobéis à ton céleste père,

En ce jour, que l'on dit de colère et d'effroi,

Ton supplice sera d'être privé de moi.

Car, moi, je suis l'amour et le bien par essence;

Et c'est là seulement qu'est ma toute-puissance.

C'est pourquoi je te dis que, si tu n'aimes pas,

Tu ne pourras jamais dormir entre mes bras!

Homme, le paradis et le ciel d'une mère

Sera de voir l'enfant qu'elle aimait sur la terre,

De le bercer toujours sur un nuage d'or,

Sans craindre désormais de le reperdre encor.

Chaque action éclose en votre conscience,

Dès ce monde, reçoit ou peine ou récompense.

Mortels, je vous le dis et répète en ce jour,

La haine, c'est l'enfer; et le ciel, c'est l'amour.

Le dernier des vivants sur votre pauvre terre,

Voudrait-il accepter le hideux caractère

Que vos prêtres souvent impriment à mes traits?

Moi, cruel à mon œuvre, aux hommes que j'ai faits!

Enfants, je ne connais Mahomet ni Moïse,

Mais j'aime mon Jésus, sa croix et son église;

Car c'est lui qui, du sein de mon éternité,

Un jour, vous amena sa sœur la charité.

Chrysalide enfermée en un terrestre lange,

Chaque nouveau soleil te transforme et te change,

Et tu t'élanceras le papillon divin

Qui vole à la justice, et qui la trouve enfin.

O mon fils! aime-la, dès ce temps périssable;

Ne bâtis pas, hélas! tes projets sur le sable;

Aime de tout ton cœur, car c'est ainsi qu'un jour

Tu me posséderas, moi qui suis tout amour :

Mais conserve surtout la céleste espérance;

Car plus que la justice, ah! je suis la clémence :

Je vois sans m'irriter le tumulte mortel,

Et je suis patient, car je suis éternel. ' —

(SAINT AUGUSTIN.)

' *L'angelica farfalla che vola à la giustizia senza schermi.*
(DANTE, *Purg.*, ch. IX.)

FIN.

www.ingramcontent.com/pod-product-compliance
Lightning Source LLC
Chambersburg PA
CBHW070856030726
47504CB00005B/1360